AF354078

Klabund / Alfred Henschke

Der Marketenderwagen - Ein Kriegsbuch

e-artnow 2018

Leseempfehlungen (als Print & e-Book von e-artnow erhältlich)

Alexander Puschkin
Die Hauptmannstochter: Historischer Roman

Stendhal
Die Kartause von Parma

Oskar Meding
Kreuz und Schwert: Historischer Roman

Ernst Wichert
Heinrich von Plauen (Historischer Roman - Rittergeschichte des 15. Jahrhunderts)

Henryk Sienkiewicz
Die Kreuzritter (Schlacht bei Tannenberg)

Georg Ebers
Im Schmiedefeuer (Historischer Roman aus dem alten Nürnberg)

Ludwig Ganghofer
Das Gotteslehen (Historischer Roman aus dem 13. Jahrhundert)

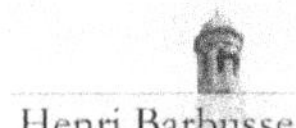

Henri Barbusse
Das Feuer: Tagebuch einer Korporalschaft

August Sperl
Burschen heraus! (Historischer Roman - Napoleonische Kriege): Befreiungskriege - Geschichte aus der Zeit unserer tiefsten Erniedrigung

Joseph Roth
Gesammelte Werke: Romane + Erzählungen + Journalistische Schriften + Essays (38 Titel in einem Buch): Radetzkymarsch + Hiob + Die ... Gewicht + Triumph der Schönheit und mehr

Klabund / Alfred Henschke

Der Marketenderwagen - Ein Kriegsbuch

Die Revolutionärin + Im Russenlager + Abschied + Der Bär + Der wohlhabende junge Mann +
Revolution in Montevideo + Der sterbende Soldat + Der Flieger und mehr

e-artnow, 2018
Kontakt: info@e-artnow.org
ISBN 978-80-273-1756-1

Inhaltsverzeichnis

Revolution in Montevideo

Als ich vorhin in einer Redaktion war, fielen mir unverhofft ein paar Mark in die Hand. Ich kaufte mir davon einen Reisekoffer, denn ich will nächsten Mittwoch nach Berlin fahren. Danach ging ich ins Café Fahrig zum Nachmittagskonzert.

Gerade setze ich mich nieder, als eine rauschende, enervierende, tropische Musik über mich hereinbricht. Und Echo klingt von selber in mir auf. Ich balle die Faust und lasse sie wie Paukenschlag auf die Marmorplatte klirren. Was für eine Musik! Bin ich nicht einmal unter ihren Fahnen marschiert? Im Rhythmus einer irren Besessenheit? O, nicht von einer Frau besessen: süßer, verlockender, verlockter!

Ich sehe im Programm nach: ... Volkshymnen ... 878 ... Uruguay ...

Libertad! Libertad orientales!

*

Als ich mit 17 Jahren das Abiturium bestanden hatte, lud mich mein Vetter, der Schiffsarzt, ein, ihn auf einem Postdampfer nach Südamerika zu begleiten.

Von Hamburg bis nach Madeira lag ich bespien und verdreckt in der Kajüte und flehte den grinsenden Steward an, mich mit seinem Tranchiermesser zu durchbohren.

Auch Madeira ist mir nur mehr in Erinnerung als ein Berg, der wie eine Zuckertüte aus den Wellen sah.

Dann legte sich der Sturm, meine Übelkeiten schwanden langsam, und ich durfte besonnt und beglückt meine Augen dem Ozean entgegenbreiten.

Ich war drei Tage glücklich.

Am vierten schon begannen mich Himmel, Meer und Sonne (und die überreichliche Schiffskost) zu langweilen. Frauen führten wir nicht an Bord.

Ich war froh, als Montevideo, die Hauptstadt Uruguays, uns hügelig entgegenschwamm: ein klein wenig der Anblick von Zürich, wenn man von Chur her am Züricher See entlang streicht.

*

Ich ging mit meinem Vetter an Land. Der Zufall wollte, daß wir uns verloren. Ich war darüber nicht betrübt. Im Gegenteil: frei war ich, ganz von mir selbst aus wollte ich Montevideo »entdecken«; den Weg nach dem Schiff würde ich schon zurückfinden.

Ich fühlte nach meinem Geldbeutel, nach meinem Revolver und ließ mich durch die glitzernden Straßen treiben, die, zum Teil nur chaussiert, regenbogenfarbenen Staub aufwirbelten.

In irgendeiner Bank ließ ich wechseln. Daß ich nur ein Dutzend Brocken Spanisch sprach, bekümmerte mich nicht weiter. Bei einem Café im Angesicht der großen Kathedrale hielt ich zuerst an und schlürfte ein sorbetähnliches erfrischendes Eisgetränk.

Verliebt wie ich war, erwachte mir der Abend wie eine junge Frau, die ihre dunklen weichen Arme um mich warf; die mich (das Bild wurde ich nicht los) mit ihren Armen wie mit Schiffstauen an sich kettete.

Nunmehr von der A.E.G., Berlin, finanzierte Straßenbahnen flogen wie Libellen durch das Gestrüpp der Stadt.

Ich bestieg eine und war wie in einem Aeroplan.

Plötzlich fiel ich wieder auf die Erde hinab und klatschte geradeswegs in eine Singspielhalle.

Ein blondes, grünbehängtes, amerikanisches Girl tanzte mit einem wolligen Nigger etwas Ähnliches, wie das, was man heute Tango nennt. Kreolen, dicht geballt, belachten und beschrien die wirksame Rassenmischung. Dann trat eine Art Ureinwohner auf, ein verkommener Winnetou, ein Stück bemalter Kot, mit Schild und vergiftetem Speer bewaffnet, und plärrte Kriegslieder.

Er hatte gerade geendet, als rasendes Geheul und Geräusch wie von fernen Schüssen uns auf die Straße warf.

Alles lief durcheinander, lachend, weinend, brüllend, pfeifend. Niemand schien recht zu wissen wohin und wie und warum.

Ist das ein Volksfest? Oder irgendeine Vorstadthochzeit? Polterabend oder so was? dachte ich.

Vor unserem Tingeltangel standen schon zehn Straßenbahnen, denen der Weg versperrt war, mißmutig wie blau angestrichene Elefanten zu einer Herde getrieben.

Gerade wollte ich einen der sinnlosen Schreier und Läufer nach Ziel und Ursache dieser Volksbewegung fragen, da quoll Musik aus dem Trichter der langen Straße herauf. Wie Ameisen, auf die der Ameisenlöwe lauert, fielen wir alle in diesen Trichter. Musik verschlang uns löwenhaft. Auf einmal marschierte ich in Kolonne, in Schritt und Rhythmus der Musik, den Revolver gezogen. Im Rhythmus einer irren Besessenheit. O, nicht von einer Frau besessen: süßer, verlockender, verlockter! Meine Hände zitterten wie die Pranken eines jungen Leoparden, der zum erstenmal auf Raub schleicht. Englischer Gesang umdonnerte mich, und ich sang, entflammt, entkettet, jene Worte, die, trotz mangelhafter spanischer Kenntnisse, auch ich verstand:

Libertad! Libertad orientales!

Freiheit! Freiheit den östlichen Leuten!

Freiheit des Ostens! Freiheit von Osten!

*

Meine Beteiligung an der Revolution in Montevideo ist mir gut bekommen; ich befand mich zufällig bei der Partei, die siegte. Es ging noch glimpflich ab: am anderen Morgen lagen auf dem Platz vor der Kathedrale einige zwanzig Leichen wie Pfeffer und Salz versprenkelt.

Die Kinder gingen zur Schule und stießen mit den Beinen nach den Leichen.

Für heute hatten die Roten (oder die Weißen? – in Uruguay benennen sich die politischen Parteien wie in England nach Farben –) gesiegt.

Fiebernd vor Erregung, Anstrengung und Schlaflosigkeit taumelte ich auf das Schiff zurück.

Mein Vetter fieberte ebenfalls: vor Angst, ich wäre zertreten oder zerschossen worden.

In Wiedersehensfreude schmiß er eine Flasche billigen Bowlensekt. Wir hoben unsere Gläser und stießen klingend an.

»Worauf trinken wir?« sagte mein Vetter, »auf deine Gesundheit! Prost!«

»Waschlappen,« sagte ich und meine Blicke brannten, »Gesundheit! Trinken wir auf die Freiheit! Die Freiheit des Ostens! *Libertad! Libertad orientales!*«

*

Und wenn wieder einmal Musik ertönt … Volkshymnen … 878 … Libertad! Libertad orientales! Freiheit! Geist des Morgenrotes! … dann will ich wieder in Reihe und Rhythmus der Kämpfer schreiten, entflammt und entkettet, ein Krieger des Geistes – und gebe Gott, daß ich wiederum bei der Partei fechte, der der Sieg von den Fahnen weht…

Libertad!

Il Santo Bubi

Er saß ganz oben an der Tafel, neben dem Sekretär der Kurverwaltung. Sein rundes, rosiges, glattes Gesicht, große blaue Kinderaugen, ein kahl geschorener, blonder Schädel und die kurzen, schwarzweißkarrierten englischen Pumphosen ließen ihn beim ersten Anblick als einen Gymnasiasten von höchstens 18 Jahren erscheinen. Als ich die Unvorsichtigkeit beging, ihn an der Tafel zu fragen, wann er sich dem Abiturium zu unterziehen gedenke, begegneten seine Blicke den meinen mit einem liebenswürdig überlegenen Spott, und er stellte sich als Referendar *Dr. jur.* S. vor, nicht ohne seine Titel als Lächerlichkeiten mokant zu betonen. Er war sehr schwer krank, obgleich er niemals hustete und ein blühendes Aussehen zur Schau tragen mußte. Er saß an der Tafel zwischen fünf jungen Damen und wurde von ihnen zärtlich verwöhnt und (vielleicht) geliebt. Da er Süßspeise sehr gern aß, stellten ihm die Damen reihum ihren Anteil daran zur Verfügung, und er quittierte über ihre Freundlichkeit mit einem stets neuen und stets anmutigen Scherzwort, nahm sie aber im übrigen als selbstverständlich und berechtigt entgegen.

Er spielte schlecht Klavier (und wußte es). Dennoch mußte er sich jeden Abend nach dem Souper ans Klavier setzen und »In der Nacht, in der Nacht, wenn die Liebe erwacht« spielen – eine Melodie, die er selbst als niederträchtig blödsinnig empfand, mußte spielen, nur damit die jungen Mädchen seine schlanken, schönen, spielerischen Hände in der Bewegung beobachten und verehren und in Gedanken streicheln durften. Dies aber wurde mir bald klar: wie er Klavier spielte, spielte er sich selbst: als eine Operettenmelodie. Aber er spielte sie schlecht. Man hörte deutlich Schmerz und Seele hinter den Mißtönen klingen, merkte die Absicht und wurde nicht verstimmt. Im Gegenteil: man fühlte sich in Moll berührt, angeklungen, beinahe gemartert von dem Schauspiel des kranken Menschen, der man selbst war. Der Referendar machte schon fünf Jahre hintereinander Kur, in allen berühmten Höhenorten für Lungenkranke. Tag für Tag acht Stunden liegen, bei gutem Wetter auf der Veranda, bei schlechtem im Zimmer. Spazierengehen war ihm täglich eine halbe Stunde erlaubt. Wenn er die halbe Stunde überschritt, bekam er Atemnot, Temperaturen und kroch auf eine Woche ins Bett.

Ich fragte ihn einmal, ob ich ihm Bücher borgen solle? Er schüttelte dankend den Kopf. Sie langweilten ihn. Er lese nicht einmal mehr die Zeitung. Er sehe den Himmel, er sehe die Wolken, die Berge, die Sterne, und zuweilen ins eigene Herz. Mehr brauche, wolle – und könne er nicht mehr »tun«. Wie er das aussprach, setzte er es ironisch in Anführungszeichen.

Drei Damen waren seine besonderen Trabanten: eine junge Schweizer Lehrerin aus Zürich, eine kleine Bajuvarin aus Kempten im Allgäu, und eine Italienerin. Die Italienerin (»Die Königin der Berge« nannte sie einst Herr K., Xylograph aus Braunschweig), galt als seine Geliebte, denn sie benutzte seinen Privatbalkon mit. Die drei spielten abends mit ihm Bridge (wobei er merkwürdigerweise immer gewann, obgleich doch die Parteien wechselten), kochten ihm auf einem Spirituskocher – was doch eigentlich in der Pension verboten war – seine Milch, (er trank Kindermilch), nähten ihm Knöpfe an, wuschen ihm die Kissen vom Liegestuhl mit Salmiak. Als ihn neulich ein kleines Geschwür am Hinterkopf plagte, mußte er sich in die sachverständige Behandlung der kleinen Schweizer Lehrerin begeben, die einen Samariterkursus durchgemacht hatte.

Manchmal saßen sie zu dreien an seinem Bett, und er erzählte ihnen merkwürdige Geschichten, die er selbst erlebt haben wollte, sehr lustige Geschichten in einem traurigen Tonfall, worüber sie sehr lachten. *Il Santo Bubi* nannten die drei ihn unter sich. Bubi hatte ihn das bayerische Mädel getauft. *Il Santo*, der Heilige, setzte die Italienerin dazu, denn, sagte sie: er ist gewiß ein Heiliger. Er tut, denkt, spricht nie etwas Schlechtes. Und hat es nie getan. Nur ist er krank. Aber alle Heiligen sind krank.

Kürzlich, bei der Untersuchung, verkündete ihm der Arzt, er könne vorläufig nicht mehr hier oben bleiben. Er müsse ins Tiefland hinab. Möglichst bald. Nach Heidelberg in die Klinik. Zu einer kleinen, ganz unbedeutenden, ganz ungefährlichen Operation. – Wir wissen alle hier, was es heißt, wenn einer der Unsern (wir sind ein Volk, wir Kranken) mit dieser Beschwichtigung in die Ebene zurückgesandt wird. Die Operation ist das letzte Mittel. Und hilft in einem von hundert Fällen. Manchmal schickt man die Leute auch nur hinunter, damit sie hier oben nicht sterben. Wegen der Statistik…

Der Referendar weiß das alles. Während seine drei Trabanten weinen, lächelt er. Er hat eine Extrapost bestellt, die drei werden ihn begleiten.

Ich sprach mit ihm über sein Schicksal, ruhig, sachlich, wie man über Geschäfte spricht. Die Krankheit ist schließlich ein Geschäft.

»Ich werde nicht sterben,« seufzte er, und sein junges Gesicht verwandelte sich in das eines Greises, »ich kann nicht sterben, glauben Sie mir…«

*

Am nächsten Tage fand ich zwei Gedichte von seiner Hand auf meinem Platz am Frühstückstisch liegen. Mit einem kurzen Abschiedsgruß. Er war früh um sechs mit der Italienerin davongefahren.

Das erste Gedicht, bissig, von verzweifelter, verzweifelnder Komik, lautet:

Sie müssen ruhn und ruhn und wieder ruhn.
Teils auf den patentierten Liegestühlen
Sieht man in Wolle sie und Wut sich wühlen,
Teils haben sie im Bette Kur zu tun.

Nur mittags hocken krötig sie bei Tisch
Und schlingen Speisen, fett und süß und zahlreich.
Auf einmal klingt ein Frauenlachen, qualreich,
Wie eine Aeolsharfe zauberlich.

Vielleicht, daß einer dann zum Gehn sich wendet
– Er ist am nächsten Tage nicht mehr da–
Und seine Stumpfheit mit dem Browning endet.

Ein andrer macht sich dick und rund und rot.
Die Ärzte wiehern stolz: Halleluja!
Er ward gesund! (…und ward ein Halbidiot.)

Über dem zweiten Gedicht steht die Überschrift:

Ahasver.

Ewig bist du Meer und rinnst ins Meer,
Quelle, Wolke, Regen – Ahasver.
Tor, wer um enteilte Stunden träumt,
Weise, wer die Jahre weit versäumt.
Trage so die ewige Last der Erde
Und den Dornenkranz mit Frohgebärde.
Schlägst du deine Welt und dich zusammen,
Aus den Trümmern brechen neue Flammen.
Tod ist nur ein Wort, damit man sich vergißt…
Weh, Sterblicher, daß du unsterblich bist!

*

Il Santo Bubi ist bei der Operation gestorben. Oder ist er nicht gestorben, der kranke Ahasver, der ahasverische Kranke? Lebt er noch? In Heidelberg? Oder sonst wo? Bin ich es vielleicht?

Liegt er immer noch acht Stunden am Tag, und geht eine halbe Stunde spazieren, gestützt von seinen Trabanten, daß er beim Glatteis mit seinen schwachen Beinknochen nicht fällt?

Was bedeutet das: tot sein? *Il Santo Bubi* war gewiß kein richtiger Dichter. Aber wie schön ist jene Zeile »Tod ist nur ein Wort, damit man sich vergißt« … Damit man sich vergißt …

Der goldne Tod

Spitze Gipfel traten wie beschneite Tannen aus den Wolken, als der Zweispänner in Chur, wie ferner Donner dunkel von den Bergen niederrollend, einfuhr. Ein frischer Luftstoß fuhr durch die Tür, die sich im Nebel aufgetan hatte, und der blaue Himmel wehte uns wie die Tapete in gewissen Berliner Salons an: ein wenig eisig, ein wenig zimperlich. Ein wenig unmodern.

»Es zieht«, sagte Annette.

Der Kutscher knallte. Ein paar Kinder spielten Kreisel. Ein Dienstmädchen ging einholen: ein gelber Korb von kühn geschweiften Formen umrankte ihren rechten, nackten Arm, eine saubere Schürze war vor das blaukarrierte Kleid gebunden.

»Sie dient gewiß bei einem Architekten. Er hat ihr den Korb entworfen.«

»Architekten entwerfen keine Körbe. Sie bauen Häuser,« sagte Annette.

Ein Hund, scheinbar zu dem Mädchen gehörig, schnob bellend wie ein kleiner Wind um unsere Pferde.

Annette fröstelte.

»Wir sind erst sechs Stunden von Arosa fort. Glaubst Du das?«

Nein, ich glaubte es ganz gewiß nicht.

»Wie die Anemonen aus dem Schnee emporblühten? Erinnerst Du Dich? Direkt aus dem Schnee!«

Ich erinnerte mich.

»Die Frühlingssonne brachte sie auf der schneegedüngten Erde so schnell zum Blühen, daß man sie förmlich mit den Augen emporschießen sah. Als griffe eine heiße Hand vom Himmel und zerre sie aus der Erde. Glaubst Du nicht, daß die Blumen für die Sonne da sind?«

Nein, das glaubte ich nicht. Ich hatte mich über das Bild von der schneegedüngten Erde beunruhigt, fand es nicht sehr poetisch, aber bei Annette, der Tochter eines Rittergutsbesitzers, begreiflich und entschuldbar.

Ich saß, blaß und zurückhaltend, in den Polstern.

Plötzlich mußte ich lachen.

Ein Radfahrer in zigeunerhafter Bluse kreuzte unsern Weg. Sein Rad schwankte und es sah aus, als führe er nicht auf der Straße, sondern auf einem Seile zur Belustigung eines festlich erregten Publikums Korso.

Annette rückte sich im Sitz zurecht.

Sie hört es nicht gern, wenn ich laut lache. Sie denkt immer, ich mache mich über sie lustig.

»Was hast Du?«

Ich zeigte ihr den Radfahrer.

»Ist ein Radfahrer etwas Besonderes? Oder etwas besonders Lustiges?«

»Aber wir haben seit neun Monaten keinen gesehen!«

»Ein Radfahrer ist nie lächerlich. Auch wenn man ihn neun Monate nicht gesehen hat. Du bist ein Kind.«

Sie tastete unter der Pelzdecke nach meinen Händen. Meine Hände staken, mit Glyzerin eingerieben, in großen wollenen Fausthandschuhen.

»Übrigens: was rede ich: neun Monate … und: Du bist ein Kind! Neun Monate waren wir in Arosa. Wenn Du doch ein Kind wärst! In neun Monaten kann man doch ein Kind bekommen? Warum habe ich keins bekommen?«

*

Als wir im Zuge Chur-Zürich im Kupee saßen, sagte Annette:

»Warum bist Du krank?«

Sie sagte es sehr ruhig und unbekümmert. Man kann ihr nicht böse sein. Obgleich sie in neun Monaten immerhin Zeit genug gehabt hätte, mich zu fragen, warum ich krank sei.

*

Wir machten in Weesen am Wallensee Station, nach Anordnung des Sanitätsrats Dr. Römisch, eines kleinen rötlichen Herrn aus Sachsen, der eine lesenswerte Broschüre »Der Einfluß des Hochgebirges auf den Intellekt« geschrieben hat.

Das Schloßhotel Mariahalden in Weesen ist ein erstklassiges Hotel und liegt auf einer steinernen Terrasse etwa 30 Meter über dem See. Es wird sehr viel von Engländern frequentiert und macht einen langweiligen Eindruck. Einige hölzerne Gestalten, bei deren bloßem Anblick einem schon das Gähnen kam, lagen bei unserer Ankunft wie Kroquethämmer im Garten zerstreut; bei näherem Zusehen sah man sie in Hängematten liegen.

Das Abendessen war das übliche Abendessen der erstklassigen Hotels: Suppe, Scholle mit Remouladensauce, Rostbeef mit verschiedenem Gemüse und eine formlose Nachspeise. Ich trank eine halbe Flasche roten Waadter dazu, Annette nahm einen Gießhübler.

Wir gingen herunter an den See.

Ich habe die Berge nachts sehr gern, wenn man sie nicht sieht und hinter den Lichtern einer fernen Ortschaft nur ahnt.

Ein weicher Wind strich zwischen den Kastanien. Vor einem Café saß jemand mit dem Rücken gegen die Straße und bestellte schnarrend ein Vanilleeis.

»Es ist doch ziemlich warm,« sagte Annette.

Ich hing an ihrem Arm. Sie stützte mich.

Die Wellen plätscherten leise, wie wenn jemand aus Versehen die Wasserleitung nachts laufen läßt.

Von einem Kahn draußen auf dem See schaukelte Musik zu uns. Ein Walzer.

»Die Wellen tanzen Walzer«, sagte Annette.

Und wirklich: ich hörte das auch.

»Wenn man Musik hört, bekommt man Sehnsucht nach dem Tode«, sagte Annette.

Sie sagte es leichthin. Aber wie Altweibersommer, wie Herbstschleier, auf denen unsichtbare Spinnen sitzen, fingen sich die Worte in meinem Gesicht.

Sie weiß nicht, wie gern ich sterben würde, wenn ich nicht sie verlassen müßte und wenn ich einen anständigen Tod für mich wüßte. Soll ich als alter Kavallerieoffizier (»alter« Kavallerieoffizier! ich bin 31 Jahre alt) im Bett sterben. Nicht getötet werden – sondern den Tod erdulden? Wenn doch Krieg würde!

Ich darf es Annette nicht erzählen, daß ich immer denselben Traum träume: ich sehe den Tod vor mir als goldenes Skelett, leuchtend auf schwarzem Grunde.

Abschied

Als Balder sie in der grauen Felduniform, eine Rose in der Hand, am Kragen die Gefreitenknöpfe, die ihm noch am Morgen verliehen worden waren, verlassen hatte und sein schlanker Schritt auf der Treppe verklungen war, dachte Lilli, grauenvoll verwirrt und wie auseinandergefallen, allerlei widersinniges und lächerliches Zeug. Tennis …ja, wie lange hatte sie eigentlich nicht Tennis gespielt? Flogen da nicht immer Bälle durch die Luft, und wenn man zuschlug, schlug man nicht in die Sonne und schlug man nicht die Sonne übers Netz? Wo nur ihre Tennisschuhe steckten? Richtig: Rehbraten gab es heute abend. Zum mindesten: eine Art Rehbraten. Einen richtigen Rehbraten ißt man ja nur Sonntag mittag. Also wahrscheinlich Rehschäuferl. Oder Rehragout. Mit Klößen. Klöße. Das Wort haftete ihr und sie hatte es noch in Gedanken, als ihr schon die Tränen erlöst über die Wangen strömten. –

Als sie sich ausgeweint hatte, ging Lilli auf die Straße. Aber kaum war sie zehn Schritt gegangen, da erschrak sie. Da …jener feldgraue Soldat, welcher an Krücken humpelte …war das nicht Balder? Sie stieß mit der Spitze ihres Sonnenschirms erregt aufs Pflaster, um zur Besinnung zu kommen. Wie töricht! Bal der war doch eben erst ins Feld ausgerückt …konnte sie denn gar keinen vernünftigen Gedanken mehr fassen?

Sie verzweifelte: jeder Verwundete, der ihr begegnete, schien ihr Balder. Jener mit dem verbundenen Kopf. Jener Dragoner mit dem Arm in der Binde. Säbelhiebe! Daß es so etwas noch gibt: er hat einen Hieb mit dem Säbel bekommen. Würde der Arm steif bleiben? Herrgott im Himmel, hilf: daß der Arm nicht steif bleibt. Sie würde alles, alles für ihn tun, daß der Arm wieder gut würde, ihn jede Stunde verbinden, jede Minute bei ihm bleiben. O, und dann der Tag, an dem sie ihm wieder zuerst die Hand schütteln durfte! Balder!

Sie mußte sich wenden und den Schleier über ihr Gesicht ziehen, denn ihre Augen begannen silbern und immer silberner zu glänzen. Nur nicht auf der Straße weinen.

Als sie wieder aufzublicken wagte, kam ihr ein junger Leutnant entgegen. Kerngesund. Schlank wie Balder. In einer Gangart, der man den Kavalleristen anmerkte. Wenigstens einen, der viel zu Pferde sitzt. Er kam näher und sie erkannte, daß es ein Artillerist war. Sie freute sich, daß es ihr gelungen war, seine Truppengattung zu bestimmen. Das ist in der feldgrauen Uniform nicht immer leicht. Der Leutnant grüßte. Sie dankte. Beglückt. Mit einem Lächeln im Herzen. Ich kenne ihn, dachte sie, gewiß kenne ich ihn. Ich weiß im Augenblick nur nicht woher. Das ist ja auch so gleichgültig. Ich bin so froh, daß er nicht verwundet ist. Und daß er Balder so ähnlich sieht.

Und wie sie nun langsam weiter schritt, da sah sie wieder einen Soldaten. Und wieder einen. Und noch einen. Und alle waren auf einmal gesund. Gingen ohne Krücken. Trugen keinen Arm in der Binde. Rauchten Zigaretten. Manche lachten sogar. Und alle sahen Balder ähnlich.

»Balder!« sagte sie, und ihre Füße hatten wieder festen Halt.

Sie stand am Odeonsplatz. Von der Theatinerhofkirche fiel ein Schwarm Tauben wie eine weiße Girlande sanft vor ihr nieder.

Sie kramte in ihrer kleinen Handtasche und zog eine kleine braune Düte hervor. Sie schüttete die Körner in die Hand und neigte sich leicht zu den Tieren herab.

Drüben, von der Wache am Schoß, klang Trommelrasseln und Kommandorufe.

»Balder!« sagte sie leise vor sich hin.

Der Bär

Diese Geschichte beginnt wie ein Märchen der Brüder Grimm. Es ist aber kein Märchen. Es ist auch keine rechte Geschichte mit dem nötigen Schlußpunkt: eine runde Geschichte etwa, rund und durchsichtig wie eine Glaskugel, mit einer schillernden Moral. Diese Geschichte ist nämlich (beinahe) wahr und hat sich zugetragen in der kleinen Stadt, in der ich kürzlich zu Besuch weilte. Sie ist nichts als eine traurige und lächerliche Arabeske zu dem erhabenen Ereignis des Krieges, das sich draußen (weit von hier, die kleine Stadt weiß nicht wo...) abspielt.

An dem Tage, an dem Deutschland an Rußland den Krieg erklärte, traf in der kleinen Stadt der weit-und weltberühmte Zauberer Francesco Salandrini ein, welcher dort eine Vorstellung seiner großen und geheimen Künste zu geben gedachte. Er vermochte Wasser in Wein und Wein in Wasser zu verwandeln. Er zog den Bauernburschen auf dem Lande und den verblüfften Jünglingen und den kichernden Fräuleins der kleinen Städte nur so die Taler aus Nase und Ohren und ließ sie klappernd in seinen schwarz polierten Zylinder springen, obgleich offensichtlich zutage trat, daß er selber nicht im Besitze eines einzigen dieser silbernen Dinger war. Er zerschlug in seinem bereits erwähnten Zylinder, dem man gewisse magische Kräfte nicht absprechen durfte, ein halbes Dutzend roher Eier und buk ohne Feuer und ohne Pfanne in nichts als eben diesem Zylinder einen veritablen wohlschmeckenden Eierkuchen.

Herrn Salandrinis Gefährt, das mit einigen kleinen Fenstern versehen und ziegelrot angestrichen war, rollte, von einem schwermütigen und betagten Pferde gezogen, über die Oderbrücke rumpelnd in die Stadt ein. In seiner Begleitung befanden sich noch seine Frau: Bella, die Schlangendame, die schwebende Jungfrau, das überirdische Medium und eine Person, welche den prosaischen Namen Hugo führte.

Herr Salandrini, der sich mit Weltgeschichte und Politik noch nie in seinem Leben befaßt hatte (und es auch fürder nicht zu tun gedachte, da er Steuern zu zahlen weder willens noch fähig war), verwunderte sich nicht wenig, die kleine Stadt in heller Aufregung zu finden. Alle Leute liefen durcheinander, die Kinder schrien und sangen, und die Frauen sahen besorgt aus den Fenstern.

Nichtsdestoweniger lenkte Herr Salandrini seinen Wagen ruhig und besonnen nach dem Salzplatz, wo an Jahrmärkten die Würfelbuden prunken und die Karussels sich munter drehen, um dort sein »Interessantes Wundertheater« aufzuschlagen.

Er hatte mit Hilfe der schwebenden Jungfrau gerade den ersten Pflock in die Erde getrieben, einen Strick darum geschlungen und Hugo daran gebunden, als sich federnden Schrittes der dicke Polizist Neumann nahte, der ihn ebenso bestimmt wie freundlich darauf aufmerksam machte, daß er sich die weitere Mühe der Errichtung seines »Interessanten Wundertheaters« sparen könne. Der Krieg sei erklärt. Die für heute abend angesagte Vorstellung könne vom Bürgermeister in Anbetracht der ernsten Zeitumstände nicht mehr gestattet werden. Es gehe jetzt um andere Dinge als um den Eierkuchen im Zylinder oder um den gedankenlesenden Bären Hugo. Kein Mensch habe Lust, sich derlei abenteuerlichen Unsinn jetzt anzusehen. Er möge sein »Interessantes Wundertheater« bis auf günstigere Zeiten suspendieren. Damit entfernte sich der Polizist Neumann, freundlich und bestimmt, wie er gekommen war.

Herr Salandrini war wie vor den Kopf geschlagen. Die Möglichkeit eines internationalen Konfliktes, der ihn um Beruf und Brot bringen konnte, hatte er nie im entferntesten in Berechnung gezogen. Auch Hugo, der gedankenlesende und wahrsagende Bär, hatte ihn davon in Kenntnis zu setzen verabsäumt, ja, er schien selber noch nichts von dem drohenden Unheil, das sich auch über seinem Haupte in dunklen Wolken zusammenballte, zu ahnen. Er saß klein und verhungert neben dem Pflock, knabberte wie ein Kind an seinen Pfotennägeln und starrte mit jenem Ausdruck beseelten Stumpfsinns vor sich hin, der unsere Lachmuskeln eben so reizt, wie er unser Grauen erweckt.

Herr Salandrini setzte sich auf die Wagendeichsel und sann den ganzen Tag, was er nun anfangen solle, um sich und seine Familie durchzubringen. Er hieß eigentlich Schorsch Krautwickerl und war aus Bamberg. Zum Heeresdienst würde man ihn nicht mehr einziehen, dazu war er zu alt. Im übrigen war er sich sehr klar, daß er augenblicklich bei niemand auf Verständnis und Teilnahme für seine merkwürdigen Kartenkunststücke und die erstaunliche Begabung des gedankenlesenden Bären Hugo zu zählen habe.

Er sann mehrere Tage. Dann ging er auf das Bürgermeisteramt und bat um irgendeine, wenn auch die geringste, Arbeit. Die schwebende Jungfrau und der Bär blieben in banger Erwartung zurück. Sie teilte schwesterlich mit ihm eine alte Brotkruste.

Herr Salandrini kehrte mit der frohen Botschaft zurück, daß er als Koksarbeiter bei der städtischen Gasanstalt Verwendung gefunden habe. Das war wenigstens etwas, wenn auch nicht viel, denn das Gehalt, das Herr Salandrini empfing, reichte kaum für einen Magen (der Bedarf an Koksarbeitern ist schon im Frieden nicht nennenswert). Wenn also die schwebende Jungfrau zur Not noch mit versorgt war – vielleicht fände sie in der Stadt eine Stelle als Aufwaschfrau? –, was sollte aus dem kleinen, sowieso schon halb verhungerten Bären, ihrem Liebling, Kapital und Abgott werden?

Am nächsten Tage erschien in der Zeitung ein Inserat: »Edle Herrschaften werden um Abfälle gebeten für den wahrsagenden Bären des Zauberers Salandrini.«

So sättigte sich der Bär Hugo von nun ab an den Abfällen edler Herrschaften, die ihm nicht so reichlich zukamen, daß sie ihn völlig befriedigten. Er saß auf dem Salzplatz, an seinen Pflock gebunden, unter Aufsicht der schwebenden Jungfrau, welche Wäsche ausbesserte, und der Herbstregen wusch seinen Pelz. Es wurde Spätherbst, und der Bär fror. Sein Pelz zitterte und seine müden Augen sahen furchtsam zum bleiernen Himmel empor. Die schwebende Jungfrau weinte.

Da kam Herr Salandrini auf einen guten Gedanken. Er war ja Koksarbeiter an der Gasanstalt. Er bat den Magistrat um Erlaubnis, den Bären in einen leeren warmen Raum der Gasanstalt, neben den großen Öfen, unterbringen zu dürfen. Der Magistrat, der sich von der Harmlosigkeit des halb verhungerten und schwächlichen kleinen Bären längst überzeugt hatte, gab die Einwilligung, und der Bär hockte nun hinter einer hölzernen Gittertür und blickte mit traurigen Augen in die feurige Glut der Öfen. Hin und wieder besuchten ihn die Kinder des Gasanstaltsinspektors und brachten ihm ein Stück Kriegsbrot oder Küchenreste. Er fraß alles, was ihm zwischen die Zähne gestopft wurde.

Eines Morgens aber lag er tot hinter dem Gitter, und das rosa Licht der Öfen tanzte über sein dunkelbraunes spärliches Fell.

Herr Salandrini war erschüttert, aber als Koksarbeiter hatte er keine Zeit zu langen Meditationen. Die schwebende Jungfrau warf sich schreiend über den toten Bären und das ganze sah aus wie ein Bild von Piloty.

Ob der Bär an Gasvergiftung oder an Unterernährung zugrunde ging, war nicht festzustellen.

Herr Rechtsanwalt K. kaufte Herrn Salandrini das Bärenfell samt dem Kopfe ab. Herr K. ist im Begriff, die Stadt zu verlassen und in Z. eine neue Praxis aufzunehmen. Er wird sich das Fell des wahrsagenden Bären Hugo in seinem Herrenzimmer an die Wand nageln, und wenn er Freunde bei sich zu Gast hat, wird er mit einer großen Gebärde auf das Fell deuten, seine Zigarrenasche nachlässig abschlagen und zerstreut zu erzählen beginnen:

»Als ich noch in den schwarzen Bergen Bären jagte...«

Der wohlhabende junge Mann

Es ist Sonntag nachmittag. Irgendwo ist Krieg. Draußen steht ein kalter, blauer Himmel. In zwei fast gleiche Hälften, eine graue, blaßgelbe und eine hellgoldene, teilt die Wintersonne das gegenüberliegende Haus. Die rostbraunen länglichen Fensterkreuze blicken steil und starr wie Kruzifixe. Jetzt wird eines – im dritten Stock – auseinandergerissen. Ein Mann mit dickem, kahlem Kopf und schmutziggrüner Lodenjacke schiebt sich heraus und sieht auf die Straße. Eine schwarzgekleidete Frau, das Staubtuch in der rechten Hand, beugt sich über ihn. Dann verschwinden sie beide, und die weiße Gardine zieht sich langsam zu. –

Ich liege auf dem Sofa und wühle meinen Kopf in das weiche, warme Samtkissen. Irgendwo ist Krieg. Ich brauche nicht zu denken, nicht zu fühlen, nicht zu handeln. Ohne Anstrengung träume ich beinah traumlos. Keine Erinnerung vergangener, kein Wille zukünftiger Taten. Kein unbewußtes Ich-sein wollen. Wie die Fackel im Sande bin ich im Raumlosen verlöscht. Ich schließe die Augen. Das Licht zwängt sich durch die Fenster. Es löst alle Gestalten im Zimmer und verschlingt sie: den großen Schrank, die Bilder an der Wand, die Sessel, jetzt tappt es am Spiegel vorbei, jetzt greift es an die messingne Türklinke. Wie ein Körper ist das Licht. Wie ein Körper, aus dem alle Dinge erst sind. Wie ein Schaffender. Es streicht über den weißen Kachelofen. Und der Ofen ist. Ich spüre den Atem des Lichtes auf den weißblauen Fliesen. Zu mir kommt das Licht nicht. Ich rolle mich zusammen und blinzle durch die Lider. Als ein Andrer, Feindlicher liege ich außerhalb des Lichtes in einer engen, wohligen Dunkelheit wie in einer Wiege, die sich selber.. lang.. langsam.. hin.. und.. her.. wiegt.. hin.. und her. Die Uhr schlägt. Einmal. Ich sehe, wie der dumpfe, schöne Klang in das lichtvolle Zimmer rollt.. wie er nachzittert.. unruhig.. leise.. leise weinend, gleich einem Kind, das den Weg verloren hat. Wie die Strahlen nach ihm haschen, ihn tragen auf den silbrig goldenen Fittichen, ihn fallen lassen und wieder heben. Ich weiß nicht wie spät es ist, ich weiß es nie. Ich habe die Uhr falsch gestellt. Ich liebe das Leben zwischen den Zeiten. Eine Uhr, die pünktlich und zeitsicher in meinen Räumen die Stunden schlägt, wäre mir ärgerlich und unerträglich, eine klägliche Mahnerin. Ich habe auch keinen Abreißkalender. Die Tage sind mir so gleichgültig, der erste und der sechste und zehnte. Was sollen sie? Gewißheit ist eine unanständige Tugend, nicht einmal dem Tode steht sie an.

Ich rekle mich und strecke mich. Es hat halb geschlagen. Irgendwie halb. Halb drei oder halb vier. Und dann geht die Uhr noch zwei oder drei Stunden und soundsoviel Minuten und soundsoviel Sekunden nach oder vor. Wie schön, wie töricht schön, gar keine Wünsche, keine Hoffnung, kein Hasten, kein erzwungenes Lachen des Glaubens mehr zu haben. Nur ein Gaukeln und Treiben auf dunklen Wellen, bald auf Wellenbergen, bald in Wellentälern.

Der Widerschein eines Fensters kriecht mir aufdringlich über das Gesicht.

Ich werde wach. Was tu ich nun nachher? Geh ich ins Café? Ich wollte ja noch mit dem Geschäftsführer sprechen. Das Büffetfräulein hatte gestern eine schmutzige Schürze um. Dabei ist sie hübsch. Daß den abstrakten Dingen keine Reinlichkeit innewohnt. Daß wir sie immer erst waschen müssen.

Oder ich steige in die Stadtbahn – die erste beste – und setze mich an das Fenster – ich habe es lange nicht getan – und blicke nach einem Haus, einem Wiesenstück, einem Schornstein, einem Hinterhof. Und gefällt mir ein Bild oder Klang, steige ich auf der nächstgelegenen Station aus und suche nach diesem Fleck, der mir gefiel, in seiner traumlosen, vielleicht verlorenen Dämmerung, die niemand empfinden kann als ich, der ihm verwandte. Dieses Suchen spannt köstlich, reizt, erregt. Man weiß ja nie, ob man den Platz findet, wie man sich seiner erinnert. Inzwischen kann die Luftspiegelung anders geworden sein ...oder das Fenster an jenem Haus, wo ein Kind oder ein Mädchen oder eine Mutter heraussah, hat sich geschlossen ...oder der Veteran mit seinem Stelzbein, seinem verbogenen Grammophon und den schmutzigen Ordensbändern läßt längst in einem anderen Hofe sein knirschendes Instrument und seine kreischende Stimme erschallen. Ich suche gern nach zwecklosen Erinnerungen. Und ist uns denn ein anderes Glück gegeben, als Worte und Bilder zu sammeln?

Zwischen zwei Vorortbahnhöfen, ungefähr in der Mitte, steht im Sande am Eisenbahndamm, unsern eines Neubaus, eine verkrüppelte Kiefer. Ich sah sie zum ersten Male, als ein Gewitter über ihr hing. Im strömenden Regen bin ich zu ihr gegangen. Ich habe ihre rauhe braune Rinde gestreichelt, sie umarmt und mir von ihr die Stirn wund ritzen lassen. Als wäre ich ihr Blutsfreund. Immer und immer wieder besuchte ich sie. Am schönsten ist sie, wenn am grellsonnigen Himmel eine nachtschwarze Wolkenwand steht oder im Winter, wenn Neuschnee fiel.

Es klingelt. Scharf. Zweimal. Was ist? – ..., der Depeschenbote ...»Komme heute abend. Selma.«

Wie kann man nur ein Verhältnis haben, das Selma heißt? Der Name tut weh. Ihr selber auch. Er riecht so entsetzlich nach wollener Unterwäsche und ungelüfteter Stube, die zugleich Küche, Wohnstube und Werkstätte ist, wo Mutter die Bratkartoffeln brät, die ungewaschenen Kleinen sich herumbalgen und Vater Kürschnermeister und Mützenmacher die Pelze aufbewahrt und Hutkrempen näht.

Dazwischen Selma. Es steckt Altjüngferlichkeit und glatte Gemeinheit zugleich in diesem verfluchten Namen. Ich habe sie Fritzi getauft. Ich taufe überhaupt alle Mädchen. Es ist ein unterhaltendes Geschäft und für einen Laien in der Psychologie sehr lohnend. Sie hat mich sehr lieb. Am nächsten Morgen habe ich immer Lungen- und Rippenschmerzen. Ich liebe sie nicht. Ich will nur, daß meine Freunde mich um das schöne Mädchen beneiden. Ich bin überhaupt nur für Mädchen, wenn man sich mit ihnen sehen lassen kann und ich mit ihnen gesehen werde. Ich bin ihr gut. Ich kann ihre wohltuende Zärtlichkeit nicht missen. Was hätte ich sonst? Der ich mich selber wenig, andere gar nicht zu lieben vermag? Vielleicht würde ich Menschen töten können, wenn ich in den Krieg zöge. Aber ich habe Plattfußanlage, Krampfadern, Herzerweiterung (mein Herz ist so weit, daß die Welt wie eine runzelige Nuß darin verschwindet), Lungendefekte und einen doppelseitigen Bruch.

Mein Bruder erzählte

Weißt du, daß von den Verwundeten, die aus der Front zurückkehren, keiner mehr singen will? Wir haben eine ganze Anzahl Leichtverwundeter, die schon wieder Garnisondienst tun, in der Kompagnie, aber wenn wir singen: 'Drei Lilien' oder 'Heimat, o Heimat, ich muß dich verlassen...', schweigen sie und haben große Augen. Die beiden Reber – du kennst sie doch? die Söhne vom Hauptlehrer Reber – stehen schon im Feld... in Galizien oder Polen... und haben fünf Tage nichts als rohe Rüben gegessen... Hans ist am 28. Oktober nach Belgien gekommen. Kaum auswaggoniert, mußten sie bei Dixmuiden zum Sturm vor. Dreimal in 36 Stunden. Dixmuiden brodelte wie der Hexenkessel in Goethes 'Faust'... Hans ist verwundet... Bauchschuß... Er ist schon wieder zurück und liegt im Lazarett... Ich habe ihn gestern besucht... Sie lagen zu zwölfen im Zimmer, und einer saß auf dem Bettrand und spielte Harmonika. Es war ein Pole, und er spielte eine schwermütige Melodie. Einige lasen Zeitung und einem, dem der Kopf ganz verpackt war, flößte die Schwester durch eine Glasröhre warme Milch ein. Er lächelte dankbar... Hans' Aussehen hat sich derartig verändert, daß ich ihn kaum wiedererkannte und betroffen anstarrte. »Guten Tag, Hans.« »Guten Tag, Jochen.« »Wie geht's?« »Man so.« Sein Gesicht war blaßblau, gläsern, etwa wie das Weiße eines gekochten Kiebitzeis. Seine Augen brannten in einem fremden Feuer, und ein kleiner blonder Bart hing in Fransen um sein Gesicht... Ich habe einmal in Berlin einen bulgarischen Offizier gesehen, der die beiden Balkankriege mitgemacht hatte. Ich wußte nicht, weshalb er so tote weiße Augen machte. Jetzt weiß ich es... Hans sagte: »Ich habe viel erlebt.« Bei dem Wort »erlebt« stutzte er, dachte nach und meinte: »Man müßte eigentlich sagen: ersterben, statt erleben... Und ich war nur zwei Tage draußen.« Er drehte sich zur Wand. »Als wir mit fiebernden Händen die Bajonette aufpflanzten... wir waren zum erstenmal im Feuer... wir gingen gegen englische Kerntruppen wie die Teufel los... Aber niemand schrie hurra... Willst du mir das glauben?... Die Schrapnells platzten wie Mehlsäcke... die Granaten zischten, als strichen Millionen Geiger über das höchste Fis... die Maschinengewehre gackerten wie überlaute Hennen... und einer von uns schrie, schrie sein ganzes Herz hinaus: 'Mutter!' Und wie ein Echo rollte dieser Schrei unsere Reihen entlang... Mutter!... Mutter!... Mutter!... Unter diesem Kampfruf, immer wilder, immer heftiger hinausgestoßen, rannten wir gegen die feindlichen Stellungen... Und wir nahmen sie... Ich weiß nicht, wie lange ich so gelaufen bin... Jahre müssen vergangen sein... meine Beine stampften wie eine Maschine... Auf einmal bekam ich einen Schlag gegen den Bauch, brüllte noch: 'Du verfluchter Hund' und fiel um... Ich erwachte auf einer Tragbahre, sah ein rauchgeschwärztes Dorf, und einen belgischen Pfarrer in Soutane an einem Baum hängen... Dann schlief ich wieder ein... Und wieder nach vielen Jahren erwachte ich hier... Ich muß so alt geworden sein... Grüße Lilly von mir, sie möchte mich besuchen, wenn es ihre Eltern erlauben... Wie schade, daß wir uns nicht werden heiraten können, und daß ich kein Kind von ihr haben werde.« Dann drehte er sich wieder von der Wand weg, gab mir die Hand und sagte: »Adieu.« Ich schnallte mein Koppel um, der Pole spielte wieder auf seiner Mundharmonika, und ich ging so leise, wie ich's mit meinen Kommißstiefeln fertig brachte. Hans ist nicht älter als ich. Siebzehn Jahre. Er wird sterben. Was er sagte, hat mich sehr nachdenklich gestimmt, besonders, daß er gern ein Kind haben möchte. Aber ich begreife es. O, wie sehr ich es begreife. Ich bin ja zum letztenmal auf Urlaub hier. Nächste Woche muß ich hinaus. Nach Ostpreußen. Oder nach Arras. Wie es der Zufall schickt. Dann grüße Ruth von mir und erzähle ihr das, was Hans mir von Lilly erzählt hat.

Der Korporal

Es war in der letzten Hälfte des August 1914, als man den Korporal Georges Bobin vom III. französischen Linienregiment gefangen einbrachte.

Er sah wie aus dem Ei gepellt aus: schmuck, reinlich, rasiert, mit erdbeerroten Hosen und einem blauen Frack von tadellosem Schnitt.

Er stellte sich dem Husarenoffizier, der ihn verhörte, verbindlich lächelnd vor: als Monsieur Georges Bobin vom III. französischen Linienregiment, gebürtig da und da her... natürlich aus dem Süden..., im Privatberuf Sprachlehrer. Er kenne die Deutschen. Oh là là. Er werde die Deutschen nicht kennen. Drei Jahre hintereinander war er vor Ausbruch des Krieges in Deutschland. Eine lange Zeit. Drei Jahre. Wenn man drei Jahre das Mittelländische Meer nicht sieht. Und Marseille, dieses romantische Drecknest, nicht riechen darf. Denn: es gibt Städte, die man sieht. Florenz zum Beispiel. Und Städte, die man hört. Berlin zum Beispiel. Und Städte, die man riecht. Marseille gehört zu den letzteren. Und da der Geruchs-mit dem Geschmackssinn Hand in Hand gehe, wenn das kühne Bild erlaubt sei, so esse man in Marseille so gut und billig wie nirgends in der Welt. Für ein paar Sous, für ein Nichts Austern und Fische in verwegener Zubereitung, gedünstet, gebraten, gebacken und gesoßt, wie sie sich der phantasievollste Gaumen des ausschweifendsten Feinschmeckers nicht vorzustellen vermag. In Deutschland, wo er an dem Realprogymnasium einer kleinen brandenburgischen Stadt zuletzt tätig gewesen sei, habe er immer Kohlrouladen und Königsberger Klops essen müssen. Nun: wie dem auch sei. Er habe sich daran gewöhnt. Er finde besonders das erstgenannte Gericht, abends zum Souper noch einmal aufgewärmt, recht appetitlich und schmackhaft. Auch der Landschaft, in der die kleine Stadt lag, könne er eine gewisse Anmut nicht absprechen. Ein wenig nüchtern. Ein wenig preußisch. Aber freundlich belebt von den Dampfern und Kähnen der schiffbaren Oder und sanft gemildert von den zärtlichsten Sonnenuntergängen. Und Weinberge stiegen am östlichen Ufer empor: mit rotem und gelbem Wein bepflanzt. Und wenn man den roten ein wenig mit Italiener verschnitte, so bekäme man den schönsten Bordeaux. Nun: er übertreibe. Gewiß. Aber ein guter Crossener ist besser als ein schlechter Bordeaux. Pardon: man wolle das alles wohl von ihm nicht wissen.

Ja, was er für Gefechte mitgemacht habe? Eigentlich gar keine. Dies, in dem er gefangen genommen worden sei, sei sein erstes Gefecht. Er habe fünfzig Patronen verschossen, habe dann vorgehen müssen, seine Kompagnie sei in flankierendes Feuer geraten. Voilá.

Übrigens: er habe zu viel gesagt. Oder vielmehr zu wenig. Er habe doch noch ein zweites Gefecht mitgemacht. Ein sehr merkwürdiges Gefecht. Vielleicht das merkwürdigste des ganzen Krieges.

Das Regiment war auf dem Marsch. Man näherte sich der feindlichen Zone. Ein Dorf lag plötzlich vor ihnen. Ein unansehnliches und höchst gleichgültiges Dorf, wie ein längliches Brot in den Backofen einer engen Talmulde geschoben.

War das Dorf vom Feind besetzt?

Zwei Züge mit Patrouillen an den Spitzen wurden ausgeschickt, das Dorf zu sondieren. Der eine Zug unter dem Befehl des Korporals Georges Bobin kam von der linken, der andere von der rechten Höhe. Das Dorf sollte wie von einer Kneifzange gefaßt werden.

Schleichend und äugend kam Korporal Bobin mit seiner Spitze bis dicht an das erste Haus. Er war vielleicht noch zwanzig Schritte entfernt, als plötzlich Schüsse ertönten.

Pfff... flog ihm auch schon eine Kugel an der Nase vorbei.

Sehr ungemütlicher Zustand das. Aber weiter. In Deckung vor.

Woher kamen die Schüsse? Er befragte seine Leute. Sie sagten übereinstimmend: aus dem Hause da vorne.

Also mußte das Haus vom Feinde besetzt sein.

Er kroch fünf Schritte näher.

Pfff… neue Schüsse… ein leiser Schrei… einer seiner Leute war am Schenkel verwundet…
das Blut rann ihm in die Hose… Er schickte ihn zurück zum Regiment. Die übrigen wurden
unruhig und knallten unaufhörlich in das Haus hinein.

Kein Fenster im Hause war mehr ganz. Wieder ein Verwundeter… Noch einer… Der erste
Tote… Was sollte er machen?

Es war unmöglich, das Haus, das stark besetzt schien, frontal zu stürmen.

Er gab den Befehl zum vorsichtigen Rückzug.

Kriechend und knallend zogen sie sich zurück.

Als sie den Ausgang des Dorfes erreichten, sahen sie von der anderen Seite die zweite Kolonne
sich ebenfalls knallend und kriechend zurückschrauben.

Und nun wußte er – und während er erbleichte, brach er in ein krank-und krampfhaftes
Gelächter aus.

Die beiden Züge hatten sich gegenseitig beschossen!

Zwischen den Häusern und durch die Häuser hindurch.

Das Geknalle hatte aber nicht nur das Regiment, sondern die ganze Division, bei der sich
auch Artillerie befand, nervös gemacht.

Den ganzen Nachmittag und Abend böllerte es noch die Täler und Dörfer entlang.

Die Artilleristen, welche eifersüchtig darauf waren, daß die Infanterie »ihr Gefecht hatte«,
zogen die Revolver und begannen ebenfalls zu knallen.

Und da es keine Feinde zu erschießen gab, so schossen sie auf alles Lebende, was ihnen in
den Dorfstraßen in den Weg kam.

Alle Hühner, alle Enten, Kühe, Schweine, Katzen, Hunde, Kaninchen, Tauben fielen ihrer
Kampfwut zum Opfer.

Die Gräben lagen voll zerfetzter und wimmernder Tiere. Pferde brüllten wie Tiger. Eine tote
Katze hing wie der Kasperle im Kasperltheater nach der Vorstellung über der Rampe eines Zau-
nes. Eine Muttersau verblutete mitten auf der Gasse und drei lebende Ferkel sogen quietschend
an ihren toten Brüsten.

Im Russenlager

Hier spürt man an einem Tage mehr vom Krieg als in München in fünf Monaten. Kaum war ich in C. eingetroffen, sah ich schon einen Zug von etwa dreihundert gefangenen Russen, die in einem langsamen schläfrigen Marsch, von Landsturmleuten mit aufgepflanzten (erbeuteten französischen) Bajonetten eskortiert, durch die Straßen zu ihrer Arbeitsstätte zogen. Einmal faßten sie Tritt. Sie schmeißen nicht die Beine wie unsere Soldaten, sondern stampfen mit gebogenem Knie den Boden. Wie Pferde bei verhaltenem Trab. Eine unpraktische und sicher sehr ermüdende Art zu marschieren.

Sie waren zum größten Teil vorzüglich mit hohen schwarzen Juchtenstiefeln und dicken lehmfarbenen Mänteln ausgerüstet. Einige wenige gingen in Holzpantinen und hatten sich aus umgeworfenen Tüchern phantastische Uniformen hergestellt. Einige sahen wie Mönche oder fromme Pilger aus, die mit leidenden Gesichtern wie zur Melodie eines unhörbaren Trauermarsches marschierten. Einer in dottergelbem Umhang leuchtete, gleichsam ihr Götze und wie die Inkarnation ihrer gefangenen Sehnsucht, der braunen Kolonne weit voraus. Am Schluß krochen kleine greisenhafte Kerle mit gelben zerknitterten Masken: Kirgisen und Mongolen aus den sibirischen Regimentern. Kosaken sah ich keine. Auch später bei meinem Besuch im Lager nicht. Es sind sicher welche darunter, aber sie haben sich unkenntlich gemacht. Wenn man nach Kosaken fragt, glauben sie, man wolle sie für die Kosakengreuel in Ostpreußen verantwortlich machen und spießen oder hängen. Ein hagerer, verkommener Bursche in schwarzer Pelzmütze, den ich als Kosak anredete, hob beschwörend wie ein Heiliger auf frühmittelalterlichen Kirchenfenstern beide Hände gegen mich und sagte: »Oh, oh, nix Kosack, nix Kosack.«

Die Holzbaracken, in denen die Russen wohnen, sind hoch und luftig und sehr gut ventiliert. Einige Baracken gehen halb in den Erdboden. Die Lagerstätten oder Betten sind dreifach übereinander gestaffelt: die Gefangenen schlafen auf Holzwollsäcken und erhalten als Oberbett feste Wolldecken. jede Baracke wird von einem großen Ofen geheizt. In einigen Baracken sind noch einige kleine Kochöfen vorhanden, wo die Leute sich ihr Essen aufwärmen oder Tee kochen können. Die hölzernen Tische, auf denen sie essen und arbeiten, lassen sich durch sinnreiche Vorrichtung (Umklappen der Platte) in große, mit Zinn ausgeschlagene Waschschüsseln verwandeln.

In der Küche kam ich gerade dazu, wie das Mittagessen ausgeteilt wurde. Ein Koch eines großen Berliner Hotels ist Oberkoch; ihm unterstehen zwei Dutzend russische Köche. Es gab heute Reisfleisch, das heißt Rindfleisch in einer dicken Reissuppe. Zehn Zentner Fleisch waren dazu verarbeitet.

Jeder Mann empfängt einen Liter, Leute, die den Vormittag streng gearbeitet haben, anderthalb Liter. Dazu erhält jeder den Tag ein Pfund (in der Stadt gebackenes und auch von den Einwohnern gern gegessenes) »Russenbrot« — mit Kartoffelmehl durchsetztes Roggenbrot.

In der Hauptbaracke sang uns der russische Gesangverein, der unter Leitung eines gefangenen Petersburger Musikdirektors steht, einige slawische Lieder vor. Zuerst das Glockenlied. Der Vorsänger führt die Melodie. Alle anderen singen im Baß wie Glocken. Zuletzt sangen sie das schwermütige Lied ihrer Erinnerung an die Heimat:

> Sag, wo bist du nur, geliebte Heimat?
> Wo die Sterne sind, bist du gewiß.
> Mädchen, liebes Mädchen, ich muß reiten
> In die Ferne und die Finsternis.
> Wenn die goldnen Augen nachts vom Himmel sehen,
> Denk an mich, der in die Fremde ritt.
> Alle Wolken, die von Westen wehen,
> Bringen meine Sehnsucht mit.

Ein blutjunger Russe, Infanterist eines Odessaer Korps und bei Suwalki gefangen genommen, stand an die Wand gelehnt, für sich allein, stützte den Kopf in die Hand, schloß die Augen und sprach die Verse leise mit. Seine Lippen bebten und seine Wimpern zitterten. Einige, die faul auf ihren Betten lagen, hielten den Atem an und wußten nicht, wohin sie sehen sollten.

Der merkwürdigste Insasse des Lagers und wert, namentlich genannt zu werden, war der Hund Samuel. Er wurde (eine Art Terrier mit leichtem Einschlag von Dackel) vom Osteroder Landsturmbataillon in der Schlacht bei Tannenberg »erbeutet«. Da man sich mit ihm nicht zu verständigen vermochte, gab man ihn an die Russen zurück und internierte ihn im Lager von C. Aber auch die Russen wußten mit ihm nichts anzufangen: er hörte weder auf Russisch noch auf Polnisch. Bis ein Jude, Kaufmann aus Lodz, auf den Gedanken kam, jiddisch mit ihm zu reden. Der Hund sprang, halb irrsinnig vor Freude, verstanden zu werden, an seinem neuen Freunde empor, wedelte mit dem Schwanz, und seine braunen Augen leuchteten wie die eines fröhlichen Kindes. Der Hund mußte im Besitze einer alten jüdischen Familie gewesen sein und war wahrscheinlich mit mehreren Juden bei Tannenberg zu den Deutschen übergelaufen. Er wurde von den Russen spöttisch Samuel genannt. Er vertrug sich mit keinem rechtgläubigen Russen, bellte sie tapfer an und nahm nicht die verlockendsten Bissen von ihnen.

Der jüdische Kaufmann und die anderen russischen Juden des Lagers gewannen ihn sehr lieb. Manchmal dachten sie: wenn nur alle Juden so viel Mut gegen die Russen aufbrächten wie dieser Hund. Dieser Hund, so spürte man, haßte die Russen aus einer Seele heraus. Und da er ein Tier war, legte er seiner Vernunft keine Zügel an, trug seinen Haß unverhohlen zur Schau und biß die Russen in die hohen Stiefel. Weil er zu allem Überfluß noch ihre Fleischportionen stahl (die er aber nicht fraß, sondern verscharrte), griff eine heftige Mißstimmung gegen ihn unter den Russen Platz. Und da man sich nicht an die wirklichen Juden halten konnte (man war doch nicht in Rußland), erkor man den jüdischen Hund zum Opfer eines Pogroms. An einem Sabbat fanden ihn die Juden erschlagen hinter der Latrine. Sie waren keine Tiere, sondern Menschen, und außerdem in hilfloser Minderzahl. Was würde es nützen, die Russen anzubellen, da man sie nicht beißen durfte? Sie gruben dem Hunde Samuel ein Grab, und ein gefangener Rabbiner hielt ihm die Leichenpredigt, als wäre er einer der ihren gewesen und ganz ein Jude.

Blumentag in Nordfrankreich

Wir vom…ten Landsturmbataillon sind der x-ten Etappen-Inspektion zugeteilt und haben zurzeit als Garnison eine kleine Stadt in Nordfrankreich. Wir brennen Tag und Nacht Posten: auf den Bahndämmen, vorm Lazarett, unter den Brücken. Von abends Sechs bis morgens Zehn steht eine Wache auch vorm Bordell. Jeden Morgen um halb Zehn werden die Mädchen durch unsern Stabsarzt untersucht und kontrolliert. Es sind neun an der Zahl. Acht Französinnen und eine Deutsche. Die Deutsche ist ein kleines blondes Ding aus Hamburg. Wenn Leute von uns das Bordell besuchen, hält sie den Kopf gesenkt und sucht mit den Augen zu flüchten. Um keinen Preis der Welt würde sie sich einem Deutschen verkaufen. Wenn wir sie sehen, erröten wir. Um der schmerzlichen Situation zu entgehen, reißen wir dumme und überlaute Witze und lachen, blechern wie Grammophone. Oder einer setzt sich ans Klavier und spielt: »Die schwarzbraunen Mädchen, die hab' ich so gern.« Dann geht sie hinaus und weint. Sie ist ja blond. Die Einwohner der Stadt, Magistratssekretäre, kleine Steuerbeamte, bessere Kaufleute bevorzugen offensichtlich die Deutsche. Sie sehen sie in den Augen ihrer eigenen Landsleute erniedrigt und weiden sich an ihren Qualen. Madame ist entzückt von ihr, denn sie macht das meiste Geld. »Wo ist die deutsche Kuh?« brüllen die Steuerbeamten, und einer nach dem anderen will ihr für sein Geld einen Tritt versetzen. Ich sprach sie neulich. Sie heißt Leni. Sie will sich die Pulsadern durchschneiden. Sie erträgt dieses viehische Leben nicht mehr. Ich überlegte, wie ihr zu helfen sei. Sie mußte heraus aus dem Bordell. Aber Madame wird sich kreischend wehren. Man müßte ihr Geld, viel Geld bieten. Ich sprach mit dem Major, und er gab gern die Erlaubnis für eine Sammlung zu ihren Gunsten innerhalb unseres Bataillons. Er zeichnete als Erster zehn Mark. Und nach ihm alle Offiziere und alle die gesetzten bärtigen Landsturmmänner, größtenteils würdige Familienväter. Keiner, auch der ärmste nicht, schloß sich aus. So kauften wir Leni um den Preis von 1200 Franken von Madame los, kleideten sie von Kopf bis zu Fuß neu ein und schickten sie mit dem nächsten Lazarettzug, der zurückging, nach Aachen. Kaum, daß sie ihr Glück zu fassen vermochte. Sie wollte uns allen einzeln die Hand küssen und steckte jedem, den sie in der Eile erreichen konnte, eine bunte Papierblume an den Rock.

Die schwarze Fahne

Ein Zurückgebliebener saß im Café, bestellte einen Eierpunsch und erzählte:

Ich habe eine unmenschliche Sehnsucht zu sterben. Jeder Feldpostbrief, den ich von draußen bekomme, erweckt in mir das Gewissen einer schmerzlichen Scham, weil ich noch lebe. Was rede ich noch? Was schreibe ich noch? Der Streusand der Schrapnells trocknet jede Tinte. Und jede Träne. Manchmal, in dem kleinen stillen Zimmer der Vorstadt, drei Treppen hoch, abends, wenn das Hupen eines fröhlichen Automobils, das Kreischen einer deflorierten Katze oder der klappernde Huf eines betrübten Pferdes gedämpft durch die geschlossenen Fensterläden lärmen, schreie ich nach einer Erlösung vom Leben, das mir nur noch wert ist, weil man es wegwerfen kann. Wie eine angerauchte Zigarette. (Zu einer Zigarre langts bei mir nicht.) Was sind alle Leiden unseliger Liebe gegen die qualvolle Begierde nach dem Tod. Ich könnte mich hier zu Hause hinter den Kulissen erschießen – aber ich ränge nicht mit dem Tod, ich verblutete nicht, ich würde nicht um seine Liebe. Und ich könnte mich mit meiner schönen Geliebten auch nicht sehen lassen. (Was hat es für einen Sinn zu lieben, wenn andere Leute nicht sehen, daß man geliebt wird?) Ich hätte mir hier zu Hause den Tod wie ein schmutziges Straßenmädchen erkauft. Um den Preis meines Revolvers. (Ein guter Browning kostet 80 Mark. Ich würde also auf den Wert des Mädchens beträchtlich draufzahlen.) Ich will werben um den Tod. Um das Fräulein Tod. Sie soll mich lieben lernen. Ich werde ihr schmeicheln müssen. Geschenke machen. Kostbare Geschenke. Beispielsweise ein hübsches Gedicht, das ich noch schreiben würde. Oder einen treuen Freund, den ich ehre wie keinen anderen Menschen. (Aber ich habe die Pferde ja viel lieber als die Menschen. Auch die Schildkröten.) Oder ich muß ihr meine Mutter opfern. Eine Frau hat immer am liebsten, daß man ihr eine Frau opfert. Und welche Frau haßt sie inniger als die Mutter des Geliebten? (Weil sie ihn nicht selbst auch noch gebären durfte.)

Ich werde in einem Bauernhaus sitzen, an der Marne, heiter mit einigen Kameraden. Plötzlich fällt eine Granate durchs Dach. Alle meine Kameraden sind auf der Stelle tot. Richard hat keinen Kopf mehr, und von Hagen sieht man nur noch eine beschmutzte Litewka. Ich selber aber blieb am Leben. Ich allein: heil an allen Gliedern. Meine Angehörigen, denen ich den Vorfall geruhsam auf einer Feldpostkarte berichte, jubeln und geben die Anekdote in die Zeitung. Ich bin unglücklich. Ich fühle, daß man mich noch verschmäht. Daß ich mein Herz noch nicht völlig entschleiert habe. Man glaubt mir noch nicht. Man mißtraut meiner Liebe.

Nun versuche ich es mit dem Hohn. Ich höhne die Geliebte: frech, bitter, schamlos. Ich gehe auf die gefährlichsten Posten. Vermeide beim Patrouillenreiten jede Deckung. Ich sitze ab. Die Kugeln scharen sich pfeifend um mich. Ich stehe wie ein Indianer am Marterpfahl und kein Pfeil trifft. Ich stecke meinen Kopf über den Schützengraben. Wie man einen Kürbis an einer Stange als Zielscheibe hinhält, zum Spaß und Zeitvertreib. Der Feind langweilt sich nur. Er schießt gar nicht.

Aber ich werde ein Mittel finden, den Tod zur Gegenliebe zu zwingen. Und wenn ich mutterseelenallein gegen eine ganze Batterie angaloppieren sollte. (Die Franzosen werden glauben, ich sei ein Parlamentär und werden das Feuer einstellen.)

Ich halte es nicht mehr aus daheim. Wenn der Krieg noch lange dauert, werden die Zurückgebliebenen nicht mehr wissen, was sie vor Verlangen nach dem Tod im Feld machen sollen. Sie werden den Größenwahn bekommen und glauben, sie seien unsterblich. Sie kennen den Tod nur aus den Zeitungen. Es wird eine Selbstmordepidemie ausbrechen. Man wird sich gegenseitig zum Dessert totschlagen.

*

Ein kleiner buckliger Herr, mit roten Haaren und einer Hornbrille, der in einer Schale Nuß rührte, schwappte wie ein Frosch von seinem Sitz auf und kreischte:

So wird die schwarze Fahne über uns wallen und der Himmel wird von Nacht dunkel bersten.

Millionen und Abermillionen Freiwilliger, Männer, Frauen, Greise, Kinder werden dem Rauschen des schwarzen Banners folgen. Verliebt wie Tänzer vor dem ersten Walzer und streng und heilig wie Priester der Verklärung.

Die Briefmarke auf der Feldpostkarte

Hauptmann R. schied ungern von seiner schönen jungen Frau, die er vor einem Jahre geheiratet hatte, und die, 18 Jahre alt, noch heute ein Kind war. Er brachte ihr jene väterlichen Gefühle entgegen, die dem Manne über 35 Jahren so leicht werden. Wie sollte er aus der Ferne für sie sorgen? Sie war seiner Sorge ewig bedürftig. Und ein hilfloses kleines Mädchen ohne seine leitenden Blicke, Gebärden und Worte, mit denen er sie bald zärtlich, bald streng wies oder verwies. Sollte er sie ihren Eltern, dem Zahnarzt P. und seiner Gattin, für die Dauer des Krieges anvertrauen? Er war froh, daß er sie deren seelischen Plombierapparaten und Kneif-und Brechzangen entrissen hatte. So ließ er sie in der Obhut einer älteren Tante, welche schlecht hörte, aber vortrefflich und ausdauernd Klavier spielte. Er hoffte, daß Annette (so hieß die schöne junge Frau) den Tröstungen der Musik nicht unzugänglich sei und mit ihrer holden Hilfe die Trennung leichter überwinden werde. Nun ist Chopin nicht die rechte Musik, jemand auf helle Gedanken zu bringen. Aber was blieb dem älteren Fräulein übrig, als Chopin zu spielen? Da sie ihn und nur ihn seit 43 Jahren spielte? Sie spielte Chopin, und Annette lauschte, seufzend und strickend.

Zum Abendbrot erschien jeden Mittwoch und Samstag ein entfernter Vetter von ihr, ein junger Postreferendar, welcher entweder als unabkömmlich erklärt war oder dem ungedienten Landsturm angehörte. Er erzählte ihr von seiner Briefmarkensammlung, und sie lachte gern mit ihm. Eines Mittwochabends küßte er sie im Korridor. Und den Samstag darauf wußten sich ihre Lippen kaum zu trennen. So ineinander verbrannt waren sie.

Hauptmann R. machte Namur und Charleroi mit. Er wurde in den Straßenkämpfen schwer verwundet und in das Lazarett von Lüttich eingeliefert. Hier lag er nun und träumte fiebernd von seiner jungen, schönen Frau, welche noch ein Kind war. Sollte er ihr schreiben lassen, wie es um ihn stünde? Eine nie zuvor begriffene Eifersucht ließ ihn heftiger glühen, da er sein Weib blühend und gesund und sich selber für alle Zeit verkrüppelt und verstümmelt fühlte. Er diktierte der Schwester eine Feldpostkarte: »Liebe Annette, ich liege leichtverwundet im Lazarett von Lüttich, Du brauchst Dir keine schlimmen Gedanken zu machen. Sei umarmt von deinem getreuen Gerd.« Aber auf die Feldpostkarte klebte er eine belgische Briefmarke. In den Tagen ihrer Verlobung hatten sie ihre heimlichen Liebesgeständnisse immer in winziger Schrift unter der Briefmarke verborgen.

Die Feldpostkarte langte eines Samstagabends an. »O,« sagte Annette bedauernd, »er ist leicht verwundet. Aber es geht ihm gut.« »Zeig einmal die Briefmarke«, sagte der Postreferendar. »Willst du sie für deine Sammlung haben?« fragte Annette und begann, sie vorsichtig abzutrennen. Leise erschrak sie und las: »Wenn es Dich treibt, im Gedächtnis unserer Brautzeit die Marke zu entfernen, so weiß ich, daß Du mich noch liebst wie einst, und daß Du stark genug bist, auch das Entsetzlichste zu vernehmen und mit heiligem Herzen zu tragen: meine Augen sind erblindet, meine Füße von einer Granate zerrissen. Ich bin nur noch ein Stumpf. Sei stark. Es liebt Dich wild wie je Dein Gerd.« Annette faßte sich an die Brust. Sie wollte schreien. Der Postreferendar war erblaßt. Im Nebenzimmer spielte die Tante einen Chopinschen Walzer. Wie zwei zerschossene Vögel fielen die Augen der Annette tot in sich zusammen.

Der polnische Jungschütze

(Für Ira)

Ich bekam von der Lazarettinspektion eine Karte, ob ich nicht einen schwerverwundeten polnischen Jungschützen besuchen wolle, der vor drei Tagen eingeliefert sei. Er verweigere jede Nahrungsaufnahme. Glaube sich noch immer in Feindesland. Deliriere. Da niemand polnisch spreche, könne man sich mit ihm nicht verständigen.

Ich machte mich auf den Weg.

Er lag in einer Einzelkammer. Auf seinem Nachttisch stand ein kleiner künstlicher Weihnachtsbaum mit winzigen roten Lichtern besteckt. Es war der zweite Advent.

»Wer da?« sagte er auf polnisch und krümmte seine linke Hand auf der Bettdecke wie einen Revolver gegen mich.

»Gut Freund,« gab ich polnisch zurück.

»Das ist nicht die Parole,« sagte er mißtrauisch, »aber Sie sprechen wenigstens polnisch. Die Parole lautet Warschau. Wer sind Sie?« Jetzt betrachtete er mich. »Sie lächeln so friedlich. Sie sind kein Russe. Sie sprechen polnisch. Sind Sie der Tod? Der Tod spricht polnisch. Mein Herr, wenn ich mich Ihnen vorstellen darf, damit Sie nicht irren: Konstantin Barzynski, Professor der Naturgeschichte in Tarnopol. 31 Jahre alt. Wer sollte glauben, daß die Welt erst 31 Jahre besteht? Aber es ist so. O die kleinen Tarnopoler Mädchen! Aus den Vorstädten. Sie schreiben mir immer Karten mit blonden oder schwarzen Mädchenköpfen und einen Vers darunter:

Ach bitte schön und sei so gut,

Du weißt ja, wie die Liebe tut.

Ich bin ein rechter Sünder. Ich habe schlimme Augen. Wie der Hunger. Und der Hunger hat Augen wie ein ruthenischer Pope. Im Juli war ich noch in Spalato. Ich kann nicht sagen, daß man die Österreicher in Dalmatien liebt.

In Spalato im Hotel war ein junges Ehepaar. Entzückend. Entzückend naiv. Einmal traf ich sie abends am Strand. »Schani,« sagte sie, »nimm dich vor den Schlangen in acht. Tritt nicht aus Versehen auf eine Kreuzotter.« »Meine Herrschaften,« sagte ich, »es gibt keine Schlangen am Meeresstrande. Sie können sich auf mich berufen. Ich unterrichte Naturgeschichte in Tarnopol.«

Als ich nach Hause kam, entdeckte ich ein kleines Kind auf meinem Bett. Ich dachte, es wäre mir plötzlich eines geboren worden … von den kleinen Tarnopoler Mädchen … aber es war das Kind der Wirtin. Die dalmatischen Frauen ratschen gern und legen ihre Kinder derweilen ab, wo es ihnen paßt. Aber mein Herr, das Schlimmste kommt erst. Haben Sie einmal Digitalis genommen? Ich möchte jeden einzelnen Russen mit meinen Händen erwürgen und zuvor den Nikolajewitsch. Die Russen erkennen die polnischen Jungschützen nicht als Soldaten an. Sie hatten etliche der unseren gefangen genommen. Wir zogen die Straße ihres Rückzuges her. Obgleich ich Professor der Naturgeschichte bin und die Naturgesetze definieren kann – wurde ich verrückt. Ich wurde derartig verrückt, daß es mir ganz egal war, als einer neben mir niederfiel … Bauchschuß … und wie ein Schwein schrie. Herr … die Bäume der Straßen waren als Weihnachtsbäume dekoriert … mit polnischen Jungschützen. Sechs hingen immer an einem Baum. Hübsch regelmäßig. Ich warf meinen Kopf herum und brüllte lauter als eine Feldhaubitze. Und dann kletterte ich den ersten Baum empor und schnitt die ersten sechs ab. Sie sollten nicht in der Luft hängen und zu Rauchfleisch dörren. Sie sollten ihr ehrliches katholisches Begräbnis haben. Die Haut hing wie in Fetzen von meinen Händen. Aber ich grub im Schweiße meines Angesichts ein Grab, drei Stunden lang, da war es so tief, daß nach meiner Berechnung 120 Mann Platz darin hatten. Ich stieg auf den nächsten Baum. Und schnitt sechs ab. Sie fielen wie reife Birnen vom Baum. Da stieg ich auf den dritten, dann auf den vierten Baum. Beim fünften spürte ich, daß ich nicht mehr weiter konnte. Daß ich im Begriff war, mich selber aufzuhängen. Das war denn auch das Ende vom Liede. Wie Sie mich hier sehen: hänge ich an einem Baum, mit fünf anderen polnischen Jungschützen. Ich wehe im Winde. Meine Knochen schlagen aneinander. Cis-Moll. Die verfluchten Muschiks schießen Scheiben nach mir. Bautz habe ich eine Kugel in der Lunge. Aber das macht nichts. Wenn ich keinen Speichel mehr habe, will ich ihnen meinen letzten Blutstropfen ins Gesicht speien...

Die Revolutionärin

Anna Emeljanowa ist die Tochter eines reichen russischen Bauern. Was man so einen reichen russischen Bauern nennt: er besitzt ein paar Schweine, ein paar Kühe, ein kleines Haus. Und das kleine Haus ist etwas weniger schmutzig als die Häuser der anderen. In der guten Stube sitzt auf irgendeiner Stuhllehne ein grauer Papagei, der aussieht wie ein Rabe. Er kann nur zwei Worte: »Anna« und »Nitschewo«. Wenn er »Anna« ruft, dann geht der alte Bauer vors Haus, hält die Hand vor die Augen und sieht in die leere Luft, bis ihm die Augen brennen.

Anna Emeljanowas Heimatsdorf steht hart an der preußisch-russischen Grenze. Man kann von der Grenzbarriere, wo die große Chaussee aus dem einen ins andere Land läuft, die Spitze seines Kirchturmes sehen. Und wer nur die Spitze des Kirchturmes seiner Heimat mit seinen Augen sieht: was sieht der mit seinem Herzen!

Wie oft stand Anna Emeljanowa an der Barriere und sah hinüber nach ihrer Heimat mit der unendlichen Sehnsucht des Russen, der wegen revolutionärer Umtriebe aus Rußland verbannt ist und nur über die Grenze blicken, sie aber niemals mehr überschreiten darf. Gewiß: man kommt mit einem falschen Paß schon wieder nach Rußland hinein, aber wer der russischen politischen Polizei von 1905 her so gut bekannt ist wie Anna Emeljanowa, darf es nur unter besonderen Umständen wagen, wenn er nicht »für die Sache« verloren sein will. Und Anna Emeljanowa wird sich »für die Sache« nur opfern, wenn es »der Sache« Nutzen bringt.

*

Ich lernte Anna Emeljanowa vor zwei Jahren in Genf in einem Cafégarten kennen. Man träumte über den See hin, ließ sich den Schleier des Mont Blanc vor die Stirn wehen und wandte seine Blicke, angeödet von der braunen Langeweile des Salève, weg: zum violetten Wasser, zu den hellblau schimmernden Schwänen am Ufer, die man in Gedanken streichelte. Schwäne darf man nur in Gedanken streicheln. In Wirklichkeit beißen sie und sind sehr bösartig.

»Sehen Sie,« sagte Anna Emeljanowa plötzlich – wir hatten das Gleiche gedacht – »Rußland ist für uns Revolutionäre ein solcher Schwan ...«

Und sie fuhr mit einer zärtlichen Handbewegung durch die Luft.

Anna Emeljanowa ist verheiratet.

Ich lernte auch ihren Mann kennen: einen sanften, schwarzbärtigen, und wie es hieß, sehr talentvollen Maler.

Anna Emeljanowa hat keine Kinder. Und dabei ein wundervoll mütterliches Herz wie viele russische Revolutionärinnen. Stundenlang spielt sie mit verdreckten Kindern in rohen und unreinlichen Gassen und geht zu ihren Eltern auf die Wohnung.

Anna Emeljanowa darf keine Kinder haben. Die »Sache« will es. Sie darf sich an kein weltliches Glück binden.

Ihr Gatte ist natürlich ebenfalls Revolutionär. Immer müssen sie warten, daß »die Sache« sie plötzlich ruft. Und dann müssen sie bereit sein. Sofort. Ohne Verzug. Sie besitzen nur das Allernotwendigste. Eine kleine, möblierte Wohnung. Zwei Zimmer. Ärmlich und asketisch eingerichtet. Selbst an Büchern nur das Notdürftigste. Etwa: Bakunin, Tolstoi. Eine Kiste Zigaretten. Einen Samowar. Und einen Teller süßliche Nußkuchen.

»Rußland ist so groß,« sagte Anna Emeljanowa immer, »muß man es nicht lieben?«

Und ihre Gedanken irrten wohl zu der Chausseebarriere an der preußisch-russischen Grenze, an der sie manchmal ihrem alten Vater die Hand schütteln und die Kirchturmspitze ihrer Heimat sehen durfte.

Ich hatte lange von Anna Emeljanowa nichts gehört. Da kam neulich eine Karte aus Genf. Darauf standen nur diese Worte:

»Die Sache ruft. Leben Sie wohl. Anna Emeljanowa.«

*

Wie man in russischen Zeitungen liest, finden in den russischen Lazaretten Teeabende statt. Es wird gesungen, musiziert, rezitiert und von den Leichtverwundeten auch ein wenig gelacht und Schabernack getrieben. Die Schwestern sind angehalten, sich auf das angelegentlichste mit den geistigen Bedürfnissen der Leute zu beschäftigen. Die Schwestern und die Verwundeten sprechen sehr viel und sehr leise miteinander – so leise oft, daß man es am nächsten Bett nicht hört – und ich glaube, in einer dieser Schwestern ... Anna Emeljanowa zu erkennen.

Die Witwe Pulko

(Für Hanns Schmidt)

Ich bin mit der Witwe Pulko gut bekannt, um nicht zu sagen befreundet. Sie wohnt in Wismar, am Hafen, nicht weit von jener kleinen, verräucherten Kneipe, die »König Christian« oder so ähnlich heißt und in der es für 30 Pfennig einen Grog und einen Glühwein gibt, wie auf der ganzen Welt sonst nicht: ein Wein, der wirklich glüht und glühen macht – ein Glühwein also, der (wenn diese Redensart nicht ein wenig deplaziert wäre) sich gewaschen hat.

Es ist einige Wochen her, daß ich wieder einmal in Wismar war. Wismar ist das Sinnbild einer blonden und blauäugigen nordischen Stadt. Die Backsteingotik der Kirchen und alten Häuser macht sie schwer, trotzig und massiv. Eine Stadt, die weiß, was sie will, und nur will, was sie kann. Eine alte Stadt, voll geschweifter Straßen, in denen braune Gebäude, wie die gotische alte Schule, der erratische Block der Georgenkirche oder der von der Renaissance stilisierte Fürstenhof einen wie steinerne Hunde anfallen. Eine »beschränkte« Stadt, deren steife und kalte Strenge durch vorzügliche warme Grogs angenehm gemildert wird, die einem wie Kinderballons leicht und lustig ins Hirn steigen. Die Menschen und die Kirchen stoßen nicht in den Himmel: die Türme sind abgestumpft. Die stumpfen Türme und die stumpfen Menschen geben der Stadt eine gemessene Haltung und gedrungene Geschlossenheit.

Ich saß mit meinem Freunde Hanns Schmidt, der gerade vom Osten, von Iwangorod, zurückgekommen war, im »Alten Schweden« beim Bier. Wir sahen durch die Scheiben hinaus auf den Marktplatz. Vor der Wache standen breitbeinig ein paar Soldaten. Am Schöpfungsbrunnen wandelte ernsthaft ein Liebespaar. Ältere Herren betrachteten aus vorsichtig geöffneten Fenstern prüfend das Wetter am Himmel. Kinder verschwanden mit eiligen Beinen spielend um eine Ecke. Frauen, grau gekleidet, durchschritten mit großen Körben diagonal den Platz.

Ein dumpfes Geräusch wie sehr ferner Donner ließ die Luft leise klirren.

»In Swinemünde oder Kiel oder auf der See draußen haben sie wieder Übungsschießen«, sagte Hanns. Dann lachte er. Er lachte wie eine Lachtaube. Gurrend. Auf der Schule habe ich ihn schon immer wegen seines Lachens gern gemocht. »Die Wismarer alten Tanten glauben immer, es seien Russen, die mit ihrer sogenannten Ostseeflotte da draußen herumschießen. Und sie hätten es auf den Wismarer Wasserturm abgesehen…«

Wir tranken, allen alten Tanten zur Beruhigung, auf ihr Wohlergehen.

Die Dämmerung hängte sich wie eine Spinne zwischen die vielen zierlich aufgetakelten Briggs und Schoner, die zum Schmuck der Kneipe oben an der Decke angebracht waren.

»Du,« sagte ich, »Hanns: es wäre Zeit, die Witwe Pulko über die allgemeine Weltlage zu befragen. Was meinst Du?«

Und wir schlichen durch die dämmernden Gassen zur Witwe Pulko, die unten, am Hafen wohnt, in einem kleinen einstöckigen Haus, in einer feuchten kalten Stube, nach hinten heraus – die Witwe Pulko, mit der ich gut befreundet bin, die mir, ganz Wohlwollen und Biederkeit, unermüdlich ein langes Leben, Ruhm, Ehre, eine unverhoffte Erbschaft, eine erfolgreiche Reise über das große Wasser, eine millionenschwere Heirat mit der Tochter eines ungarischen Magnaten (amerikanische Millionärinnen sind seit dem Krieg bei den Wahrsagerinnen offenkundig nicht mehr beliebt …) und was dergleichen erfreuliche Dinge mehr sind, zu prophezeien pflegt.

Ihre Prophezeiungen haben, im Gegensatz zu denen großstädtischer Vertreterinnen der geheimen Kunst, den großen Vorzug der Billigkeit. Sie kosten durchschnittlich nur 50 Pfennig, und sind darum doch nicht weniger wahr als die Wahrsagungen zu 5, 10 und 20 Mark – Preise, wie man sie wahrsagenden »Damen der Gesellschaft« in Berlin zu zahlen pflegt.

Die Witwe Pulko hat verschiedene Methoden. Man kann ihr eine gewisse Reichhaltigkeit ihrer geistigen und manuellen Gaben nicht absprechen. Sie liest aus dem Kaffeegrunde die Zukunft. Aus behutsam aufgeschichteten Sand- oder Salzhäufchen liest sie die Vergangenheit. Sie

kennt das Zigeuneralphabet. Sie beherrscht die deutsche, spanische und französische Karten-
kunst. Sie ist im Besitze eines polnischen Traumbuches. Sie hat die Geheimnisse des 13. Buches
Moses' erschlossen.

Als wir bei der Witwe Pulko eintraten, saß sie unter der Petroleumlampe und studierte den
»Ostseeboten«.

»Ja, Witwe Pulko, da bin ich mal wieder,« ich verneigte mich höflich, »und möchte mir wieder
mal erlauben, Sie zu konsultieren.«

Damit legte ich ein Markstück auf den Tisch.

»Herrgott, Herrgott, junger Herr, was is es denn? Haben Sie Liebeskummer? Soll ich die
Karten befragen?«

»Nein, Witwe Pulko, diesmal ist es kein Liebeskummer. Diesmal brauchen Sie auch Ihre
Karten nicht zu befragen. Es handelt sich um den Krieg...«

»Und was wollen Sie über den Krieg wissen?«

»Wann ist der Krieg aus, Witwe Pulko? Wissen Sie das?«

Witwe Pulko wiegte ihren Pelikankopf.

»Ich weiß es, junger Herr, ich weiß es. Aber Sie dürfen mich nicht verraten...«

Sie holte eine Schiefertafel vom Schrank, legte sie vor sich auf den Tisch und begann Zahlen
zu schreiben. Dann zeigte sie mir die Zahlen. Und die Zahlen sahen so aus:

»Eine einfache Addition. Die heilige arabische Addition,« sagte Witwe Pulko. »Am zehnten im fünften, das heißt am zehnten Mai 1871, wurde der Friede zwischen Deutschland und
Frankreich abgeschlossen.«

Hanns und ich haben keine Kenntnis in Geschichtszahlen und so glaubten wir der Witwe
Pulko aufs Wort.

»Für 1915,« fuhr Witwe Pulko belehrend fort, »ergibt sich durch die heilige arabische Addition der elfte November als Friedenstermin...«

*

Ich ließ der Witwe Pulko noch ein blankes Zweimarkstück zurück. (Papiergeld gilt bei den
Wahrsagerinnen noch immer nicht als voll...)

Auf dem Nachhauseweg meinte Hanns und sah auf seine Stiefelspitzen:

»Es ist ja zweifelhaft, daß sich der Geist des historischen Geschickes ausgerechnet in der
Witwe Pulko offenbart und manifestiert – aber schön wär es schon...«

Bett Nr. 13

»Chinin«, sagte der junge Assistenzarzt und sah durch das Fenster der Baracke.

Auf dem Hofe hüpften vier Mann um ein Maschinengewehr. Ein Leichtverwundeter schwebte blaugestreift unter den Kastanien. Im Schützengraben, der zur Übung angelegt war, turnte eine Katze.

Schwester Crescenzia neigte die schmale weiße Stirne und ging zur Hausapotheke.

Der junge Assistenzarzt seufzte.

Er dachte an Manon.

Er sehnte sich nach ihr.

Pferde sind doch netter als Frauen. Und mindestens ebenso hysterisch.

Er faßte die Hand des Kranken, zählte den Puls, sah auf die Uhr und ging zerstreut und sporenknarrend hinaus.

Nr. 13 hob sich sanft aus dem Bett.

Seine grauen Augen schlichen hinter dem Arzt her, wie Ringelnattern. Sie versuchten sich zwischen den Türspalt zu schieben. Die Tür fiel klappernd und zitternd ins Schloß.

Die Augen kamen zurück. Nr. 13 dachte nach.

Chinin hat er gesagt. Was heißt das?

Nr. 13 sank in die kahlen Kissen zurück.

Man ist so einsam. So einsam, wie…wie…wie ein Mensch. Die Kissen sind so kalt. Man selber so heiß. Und die ganze Stube brennt vor Hitze.

Herrgott ist das eine Hitze.

Wie damals in Südwestafrika.

Die Zuckerfabrik von Souchez…alle Wetter…alle Himmel…das war keine Kleinigkeit. Auf *der* Fabrik möcht ich keine Aktien stehen haben.

Chinin – Gott, wo hab' ich das nur schon gehört. Chi-nin. Chi-na. Nein, das ist es nicht.

Nr. 13 versuchte sich aufzurichten. Hinter ihm, am Bett, drohte eine schwarze Tafel. Da waren Zahlen drauf geschrieben und ein paar lateinische Namen. Fieberkurven kletterten in den Himmel.

Nr. 13 erschrak.

Ich erblinde.

Ich muß blind geworden sein. Ich kann nicht mehr lesen. Kann ich noch schreiben? Ich möchte was schreiben. Kleine Gedanken. Einen Vers. Ich bin doch nicht dumm. Ich hab' doch mal zwei Gedichte in der »Jugend« gehabt. Und eine Geschichte von mir ist ins Russische übersetzt worden. Von einer weichen Russin.

Die war meine Geliebte. Meine einzige.

Nein: Meine einzige nicht. In Südwest damals: da war noch eine. Ein Hereromädchen. 14 Jahre alt. Mit Brüsten wie Kupfer. Das wird jetzt beschlagnahmt. Mit Händen wie Wiese. Und stolzen Knabenfüßen. Und einem Oasenmund.

Ich bin dazu verdammt, meine Feinde zu lieben. Meine Feindinnen.

Ich bin ein Christ. Von Pastor Gluschke konfirmiert.

Wie hieß die süße Negerin. Ro – ri. Ro – ri. Das klingt eigentlich wie ein alkoholfreies Erfrischungsgetränk.

Sie war gar nicht schwarz, sondern kakaobraun. Und ein Kind hatte sie: drei Monate alt. Das schnupperte wie eine Maus, und schnappte spielend nach meiner Hand.

Wenn ich nur ein Kind von ihr hätte.

Nr. 13 bebte.

Ich will noch nicht sterben. Ich will ein Kind haben. Einen Sohn. Einen Afrikaner. Damit ich leben bleibe, wenn ich sterbe.

Schwester…Schwester, kommen Sie…helfen Sie mir…ich will ein Kind…

Die Schwester nahte mit kurzen hasenhaften Schritten.

»Was haben Sie?« fragte sie mild und ihre Haube neigte sich über ihn, »haben Sie Schmerzen?«

»Chinin – was ist das? Was hab’ ich für eine Krankheit?«

Nr. 13 bebte.

»Es wird alles wieder gut«, sagte die Schwester leise und streifte das Bett.

Dann wandte sie ihr kühles Gesicht zur Seite.

Meine Lunge ist ganz voll Sand, fühlte er.

Ein heißer Wind kräuselt meinen Kopf, als ob er ein Meer wäre. Die Steppe steigt über meine Schultern. Mit funkelnden Sohlen. Sandflöhe wimmeln in meinem Hemd.

Kakteen stechen mein Herz.

Schwester! Ich habe Südwest mitgemacht. Ich bin ein Südwest-Afrikaner. Sehen Sie die gelbe Medaille auf meiner Brust?

Windhuk bricht aus meinen Blicken. Okahandja weint. Tausend Ochsen stampfen durchs Gelände. Antilopen springen fern auf bläulichen Gipfeln. Affen hängen in schwankenden Ästen. Ich blühe auf wie die Victoria regia.

Glanz bin ich und flach: ein riesiges Blatt. Ein rosiger Laubfrosch sitzt auf meinem Bauch.

»Malaria im Rückfall«, sagte der junge Assistenzarzt und dachte an Manon. »Ich habe ihn sowieso bloß auf zwei Tage geschätzt.«

Stammtisch

Eines Abends erschien am Stammtisch »Hindenburg« ein junger magerer Mann, den niemand kannte, und machte sichs bequem. Er stellte seine Röllchen untern Stuhl und trug dem in devoter Erschrockenheit herbeieilenden Kellner auf, einen Würfelbecher zu beschaffen. Der klapperte nun bald in der knochigen Hand des jungen Mannes, welcher die Bank hielt. Es galt lustige Sieben. »Einsatz,« sagte der junge Mann, »nicht unter zehn Mark. Ich nehme auch immobile Werte in Zahlung: hohle Köpfe, rote Herzen, Bauterrains zu Friedhöfen geeignet, eiserne Kreuze und so weiter. Nur keine weiblichen Brüste. Sie widerstehen mir...« – Es ging wie mit dem Teufel zu. Jeder verlor. Der wabblige Amtsgerichtsrat seine (unbeträchtlichen) juristischen Kenntnisse. Der Apotheker seinen Giftschrank. Der Oberlehrer wollte seinen Verstand verlieren und in Zahlung geben. Aber der junge Mann wies ihn als unbrauchbar und defekt zurück. – Der junge Dichter verlor sein Herz. Als er es nun auszahlen wollte, stellte es sich heraus, daß er gar keines hatte, sondern daß er dasselbe besaß wie der junge Mann. Er konnte es also überhaupt nicht verlieren. Da erkannten sie sich und tranken Duzbrüderschaft. Nachher pokerten sie noch zu zweien, und siehe: der Dichter hielt alle Damen in der Hand, der junge magere Mann nur das Pique-Aß. So übertrumpfte der Dichter den Tod.

Bartholomäus und der junge Mann

(Einem Freunde)

Bartholomäus hatte ihn im Odeoncafé kennen gelernt. Das Café war ziemlich gefüllt und er mußte sich an einen Tisch setzen, an dem bereits ein junger Mann saß.

Er lüftete den in London gekauften Zylinder und fragte mit seiner leisen gepflegten Stimme: »Ist hier ein Platz frei?«

Der junge Mann lächelte höflich, aber doch ein wenig verächtlich zu ihm und seinem Zylinder empor und sagte: »Bitte.«

Bartholomäus hörte aus dem Klang des einen Wortes sofort den eingeborenen Münchner heraus.

Er bestellte ein Erdbeereis mit Schlagrahm und prüfte unauffällig den jungen Mann, der ihn – er wußte nicht warum – stark zu beschäftigen begann.

Der junge Mann trug einen einfachen blauen, und dem Stoff nach zu urteilen, sehr wohlfeilen zweireihigen Jackettanzug, der ihm mit einer ungewollten Eleganz zu Leibe stand.

In seinem rotbraunen kantigen Indianergesicht steckte eine Virginia zu zwölf Pfennig.

Zwei harte blaue Augen musterten mit einer heiteren und bestimmten Sachlichkeit bald den, bald die aus dem Publikum.

Die Kapelle spielte den Walzer aus dem Rosenkavalier.

»Eine nette Musik,« sagte der junge Mann und sprach das letzte Wort zu Bartholomäus herüber.

»Gewiß.« Bartholomäus pflichtete dem jungen Mann zuvorkommend bei.

»Es ist ein Walzer,« sagte der junge Mann. »Von wem wohl?«

»Von Strauß,« beeilte sich Bartholomäus Auskunft zu geben.

»Der Strauß hat noch mehr nette Walzer gemacht, zum Beispiel die Donauwellen,« setzte der junge Mann das Gespräch fort.

»Das ist ein anderer Strauß,« meinte Bartholomäus, »es gibt sehr viele Komponisten, welche Strauß heißen.«

»Eigentlich ist es ja auch gleichgültig wie die Leute heißen, welche Musik machen,« gab der junge Mann zu bedenken, »es ist nur gut, daß überhaupt Musik auf der Welt ist. Was hätten wohl die Menschen, wenn sie sterben müßten, ohne einen Walzer gehört oder getanzt zu haben.«

»Sie tanzen gern?«

»So gern wie eine Frau.«

»Und Sie scheinen mir doch einer der männlichsten Männer, die mir je begegnet sind.«–

»Frauen tanzen immer für andere, ich tanze für mich selbst.«

»Wann haben Sie zuletzt getanzt?«

»Vor fünf Wochen.«

»Wo? Hier in München? Wo tanzt man hier?«

»In Buenos-Ayres.«

»Sie waren in Buenos-Ayres?«

»Ich komme direkt daher.«

»Direkt aus Buenos-Ayres in dies Café?«

»Direkt aus Buenos-Ayres in dies Café! Mein Gepäck – wenn ich mein Bündel Gepäck nennen darf – liegt noch auf dem Bahnhof.«

»Aber Sie sind doch Münchner…«

»Gewiß…«

»Verzeihen Sie die Neugierde: wo haben Sie in Buenos-Ayres getanzt? In einem Varieté?«

»Nein, im Spital.«

»Sie sind kein Berufstänzer?«

Der junge Mann lachte laut und ernsthaft.

»Ich war Krankenpfleger. Ich habe den Sterbenden im Spital, ehe sie starben, noch einmal das Leben vorgetanzt.«

Bartholomäus klopfte sich mit den grauen Glacéhandschuhen nervös und nachdenklich auf die Schenkel.

»Verzeihen Sie,« sagte er endlich und betonte zögernd und wie ergriffen jedes Wort, »verzeihen Sie, wenn ich noch eine weitere Frage an Sie richte. Ich beginne, Sie als mein Schicksal zu ahnen. (Nicht zufällig trat ich an diesen Tisch ...) Alles, was ich je *gedacht* habe, das haben Sie *getan*. Sie sind recht eigentlich der, der mein Leben *lebt*. Ich *denke es nur.* – Wie alt sind Sie?«

»Siebzehn Jahr!« sagte der junge Mann und lächelte. Denn er verstand nicht viel von dem, was Bartholomäus sagte.

»Siebzehn Jahr!« echote Bartholomäus und versuchte, sich zu verwundern, »siebzehn Jahr! Mit wie viel Jahren sind Sie denn von Hause fort?«

»Mit vierzehn.«

»Ausgerückt?«

»Natürlich!«

»Und jetzt –?«

»Bin ich wieder hier!«

»Sie haben Recht: Sie *sind* wieder *hier*. Sie sind überall, wo Sie sind. Aber ich bin zum Beispiel nicht da, wo ich bin. Ich sitze gar nicht hier auf meinem Stuhl.«

»Wo sind Sie dann, wenn ich fragen darf?« fragte der junge Mann belustigt und ließ seine silbernen Zähne glänzen.

»Mein Wille sitzt auf Ihrem Stuhl und nur mein Gedanke aß dieses Erdbeereis ... Aber das begreifen Sie nicht, und Sie sollen es auch nie begreifen –.«

Bartholomäus erhob sich.

»Ich habe noch eine Verabredung in der Bar mit dem Dichter Rainer Josefa Fintenfein. Hier ist meine Karte. Ich würde mich sehr freuen, wenn Sie mich einmal besuchen würden. Ich *bitte* Sie darum. Vielleicht kann ich Ihnen (und mir) ein wenig nützen. Guten Abend.«

Bartholomäus ließ sich von der Kellnerin den Pelz umlegen und verneigte sich leicht.

Der junge Mann sah ihm nach. Dann sah er auf die Visitenkarte, die Bartholomäus ihm gereicht hatte, schüttelte den Kopf und zündete sich eine neue Virginia an.

*

Bartholomäus lebte hinfort nur das Leben des jungen Mannes. Das heißt: er ließ sich sein Leben von dem jungen Mann erleben.

Er dachte: es wäre hübsch, jene Schauspielerin zu lieben. Und der junge Mann liebte sie.

Er dachte: es wäre an der Zeit, nach Monte Carlo zu fahren.

Und der junge Mann fuhr nach Monte Carlo.

Der Dichter Rainer Josefa Fintenfein schrieb ein Sonett auf den jungen Mann, welcher im Spital von Buenos-Ayres den Sterbenden zwischen den Betten noch einmal das Leben vorgetanzt hatte.

Der Maler Ramsold Ruck malte ihn als Schiffsjunge mit einem Hintergrund von unerhört wundervollem Blau. Und dieses Blau sollte der südamerikanische Himmel sein.

Der Schauspieler Kalischer Bohnenblust spielte in seiner Maske den Hannibal in der Komödie »Hannibals Brautfahrt«.

Bartholomäus hatte alles dies erdacht, und zum erstenmal in seinem Leben wurden alle seine Gedanken zu Taten.

Er war eins mit sich, weil er eins mit dem jungen Mann war.

*

Als der Krieg ausbrach, wurde Bartholomäus von ihm wie von einer Sensation erfaßt.

Er meldete sich bei den leichten bayerischen Reitern als Kriegsfreiwilliger.

Aber der schwer Herz- und Lungenkranke wurde als völlig dienstuntauglich bei der Musterung zurückgewiesen.

41

Der junge Mann zog an seiner Stelle ins Feld.

Und er sang ihm am letzten Abend zur Guitarre noch allerlei Lieder: deutsche und spanische und englische, und zum Schluß sang er das alte Soldatenlied:

»Ich weiß nicht, bin ich reich oder arm

Oder gehts mit mir zum Verderben?

Ich weiß nicht, komm ich noch einmal nach Haus

Oder muß ich vorm Feinde sterben...«

Dann gab er ihm die Hand, sagte: »Adiö, Bartholomäus« und ging.

*

Als die Nachricht kam, daß er bei Souchez gefallen sei: durch Kopfschuß beim Sturmangriff —, da wußte Bartholomäus, daß er für ihn gestorben sei.

Er, Bartholomäus, hätte eigentlich so sterben müssen. Ihm war dieser Tod zugedacht.

Aber da er sein Leben nicht gelebt hatte, so war er auch seinen Tod nicht gestorben.

Er begriff, daß es keinen Zweck mehr für ihn habe, sich mit dem Dichter Rainer Josefa Fintenfein in der Odeonbar zu verabreden, im Kunstsalon Dietzel ein Bild von Ramsold Ruck zu kaufen und den Schauspieler Kalischer Bohnenblust in seiner neuesten Rolle zu betrachten.

Er fuhr eines Tages nach Berchtesgaden.

Touristen begegneten ihm noch auf dem Wege nach dem kleinen Watzmann.

Dann wurde er nicht mehr gesehen.

Auch seine Leiche fand man nicht.

In den »Münchener Neuesten Nachrichten« hieß es, er sei wahrscheinlich in den Schroffen am Königssee abgestürzt.

Leuchtet Ihre Uhr des Nachts?

Ich schlenderte eines Vormittags durch die Kaufingerstraße, dachte an nichts böses, aber auch an nichts gutes – als mir plötzlich aus dem Schaufenster eines Uhrmacherladens ein gelbes Plakat mit blutroten Buchstaben in die Augen sprang:

Leuchtet ihre Uhr des Nachts?

Deutsches Reichspatent! ff. Radium. Erstklassige Qualität. Mit Garantie auf Lebensdauer. Mit Läutwerk. Mit Bellvorrichtung: schlägt an wie ein Hund beim Nahen einer Gefahr (unentbehrlich für Angehörige des Heeres und der Marine). Mit Scherenfernrohr, mit Periskop für Unterseeboote.

Ich stand wie betäubt. Ein eisiger Schrecken kroch mir vom Rückenmark ins Gehirn. Was nützte es, daß ich rite den philosophischen Doktor an der Universität lllinois U. S. ehrenvoll gegen Erstattung von 320 D. bestanden hatte? Was nützte es, daß ich Antwort auf alle Fragen des Lebens wußte, wie zum Beispiel: warum? weshalb? weswegen? wozu? Was, sage ich, hat das alles für einen Nutzen und Gewinn, wenn ich nicht weiß, ob meine Uhr des Nachts leuchtet? Und das, muß ich gestehen, wußte ich nicht. Aber das gelbe Plakat mit den blutroten Buchstaben zwang mich unerbittlich zur inneren Einkehr.

Ich fieberte den ganzen Tag. Ich aß nichts. Ich saß stier und verstört im Café Glasl vor einer Schale Nuß und dachte nur den ganzen Tag: Leuchtet meine Uhr des Nachts?…Leuchtet meine Uhr des Nachts?…

Wenn es doch erst Abend…wenn es doch erst Nacht wäre!

Eine Dame mit sanften Eidechsenaugen sah immer zu mir herüber.

Es war die schönste Frau, die es auf der Welt geben konnte. Ich wagte nicht, sie anzusprechen. Ein Kreisel rotierte in meinem gänzlich hohlen Hirn:

Leuchtet Ihre Uhr des Nachts?. .. Leuchtet Ihre Uhr des Nachts?… Schließlich konnte ich es nicht mehr aushalten: der silberne Schein, der aus den Augen der Dame floß, fiel wie Nebel auf mich.

Ich stand auf, schwankte an ihren Tisch, und indem ich höflich den Hut zog, sagte ich mit vibrierender Stimme, rasend verliebt und meiner Sinne nicht mehr mächtig:

»Leuchtet Ihre Uhr des Nachts?«

Da nahm die Dame eines ihrer sanften blauen Augen aus ihrem Gesicht und warf es mir grollend an den Kopf.

Es war ein Glasauge.

Mit einer Beule an der Stirn verließ ich das Café. Der Abend hing die dunklen Netze um Tal und Hügel, um Busch und Baum.

Die Straße war taghell erleuchtet von tausend elektrischen Äpfeln und Birnen.

Ich zog meine Uhr – aber es war viel zu hell in den Straßen; wie konnte ich beim aufdringlichen Geflimmer der tausend Lampen sehen, ob meine Uhr leuchte?

Ich nahm ein Auto und fuhr auf die Theresienwiese. Mutterseelenallein ging ich mitten auf die Wiese und zog bebend meine Uhr.

Aber siehe, ich hatte nicht beachtet, daß Vollmond im Kalender angezeigt war.

Höhnisch grinste der Mond auf dem Uhrglas.

Ich fuhr in die Stadt zurück. Meine Temperatur war auf 45 gestiegen. Ich bestand nur noch aus Schweiß, in dem, wie ein Fettauge in der Bouillon, die Uhr schwamm.

In der Schwanthalerstraße sah ich ein Schild: »Keller zu vermieten.« Sofort stürzte ich in das Haus und mietete trotz vorgerückter Nachtstunde den Keller zu einem geradezu lächerlichen Preise.

Ich schloß ihn sorgfältig ab, verstopfte die Fensterlöcher und Türritzen und zog wiederum, auf alles gefaßt, meine Uhr.

Ich wartete ein, zwei Minuten.

Ich wartete drei Stunden.

Sie leuchtete – nicht!

Tränen traten mir in die Augen. Ich war eine verpfuschte Existenz. Mein Leben war zerstört. Was sollte ich tun: meine Uhr leuchtete nicht...

Was nützt es, daß ich mich mit Hindenburgseife wasche? Daß ich auf der Matratze »Immer feste druff« schlafe? Daß ich ein Portemonnaie besitze mit dem Eisernen Kreuz ins Leder gepreßt? Daß auf meinem Taschentuche die Schlacht zwischen Metz und den Vogesen abgebildet ist? Daß ich eine Armbinde trage mit der Inschrift. »Gott strafe England?« Daß mein Tintenfaß einen 42 cm-Brummer darstellt? Daß der Federhalter, mit dem ich schreibe, aus Patronenhülsen besteht? Daß ich mich jeden Tag mit dem nach einmaligem Gebrauch unfehlbar wirkenden Entlausungsmittel »Mackensen« entlause?

Was besagt das alles, wenn ich keine Uhr besitze, die des Nachts leuchtet?

Weinend wachte ich den Morgen heran.

Schon um 5 Uhr stand ich vor dem Uhrwarengeschäft in der Kaufingerstraße und wäre beinah von der Straßenreinigung mit betroffen worden.

Um 7½ wurde endlich das Geschäft geöffnet.

Ich schlüpfte dem öffnenden Gehilfen noch unter der eisernen Rolljalousie durch und forderte mit einer Stimme, die sich wie ein Harlekin überschlug, eine Uhr mit ff. Radiumleuchtvorrichtung. Marke Kronprinz. Mit Garantie für Lebensdauer, mit Läutwerk, Bellvorrichtung, Scherenfernrohr und Periskop.

Ich fieberte den ganzen Tag. Ich aß nichts. Ich saß stier und verstört im Café Glasl vor einer Schale Nuß und dachte nur den ganzen Tag: Leuchtet meine Uhr des Nachts?...Leuchtet meine Uhr des Nachts?

Wenn es doch erst Abend...wenn es doch erst Nacht wäre!

Und es wurde Abend. Es wurde Nacht. Ich saß in meinem Keller in der Schwanthalerstraße – und *meine Uhr leuchtete!*

Sie leuchtete!

Sie leuchtete die ganze Nacht: kalkweiß und graugrün wie ein magischer Kreis. Immer und immer starrte ich auf den Ring der fahlen Lichter. Der sah so aus:

****

Und wie ich mich tiefer in das Bild versah, da begriff ich: es war der Himmel, der Sternhimmel, den ich in der Hand hielt. Venus und Wage, Bär und Fisch glänzten in meiner Hand. Ich hatte das Rätsel des Lebens gefunden.

Übernächtig, aber berauscht von der Erkenntnis der Nacht, stieg ich am Morgen aus meinem Keller empor. Da lag die Welt trübe und blaß wie ein Teller abgestandnes Wasser.

Es regnete in Strähnen und ein weißer Wind seufzte.

Die Welt ekelte mich an.

Ich schlafe keine Nacht mehr. Ich esse und trinke nicht mehr.

Meine Wangen fallen ein, Meine Augen sind rosa entzündet.

Ich sitze im Keller und sehe des Nachts meine Uhr leuchten.

Manchmal ziehe ich sie auf, damit mein Herz nicht stehen bleibt.

Kleine Wanderung

1.

Ein rotbärtiger Bezirksfeldwebel erteilt mir höflich einen dreimonatlichen Urlaub. Auf dem Polizeipräsidium stellt man mir einen Paß aus. Ich lasse ihn vom österreichischen Konsul visieren. Der Konsul visiert ihn. Und mich. Er nimmt mich aufs Korn. Man beginnt auf der Stelle militärisch zu denken. Man erinnert sich seiner preußischen Abstammung und steht stramm. Das blaue Auge des Konsuls glänzt milder. Wien lächelt in seinem Blick. Und Budapest. Man rührt sich, ein wenig verlegen, und verneigt sich verbindlich. Der Konsul ist Ungar. Alle österreichischen Konsuln sind Ungarn. Ich denke an den Tag der Kriegserklärung Österreichs an Serbien. Es war in Leipzig. Wir zogen unter Führung eines Bäckergesellen nach dem österreichischen Konsulat. Wie in silberner Rüstung schritt der Bäckergeselle vor uns her, eine improvisierte schwarzgelbe Fahne schwingend. Der Konsul sprach vom Balkon. Oder aus dem Fenster. Er sang mehr als er sprach: viele O- und R-Laute. Es war ein Ungar. Der Bäckergeselle fuhr später, von der Menge bejubelt, in einer Droschke nach Hause. Er mußte noch zum Nachtbacken zurecht kommen.

2.

Ich packe meinen Rucksack. Es ist kein richtiger Rucksack: es ist ein kleiner federleichter brauner Tornister, der sich in der Stadt auch als Handkoffer tragen läßt. Es geht viel in ihn hinein. Ich ziehe ein paar starke Schuhe an und nun kann ich fortbleiben, so lange ich will: drei Tage ... oder drei Wochen ... oder drei Monate.

3.

Ein paar weiße Wolken sind über den blauen Himmel geklext. Es ist nicht so heiß wie die letzten Tage. Der Frühzug nach Garmisch ist besetzt wie sonst. Wie im Frieden. Tannengrüne Touristen klappern mit beschlagnen Stiefeln durch die Halle. Ältere wohlgekleidete Herren schreiten behutsam mit eleganten Handtaschen. Sie nehmen den Tag bedächtig wie ihre Handtasche zwischen die Finger. Frauen in lockeren Blusen lachen und winken. Es ist wie sonst. Der Zug geht pünktlich ab. Wie sonst. Er fährt keine Viertelminute länger wie sonst. Diese zwei Worte: wie sonst – sind sie nicht auch ein Erfolg deutscher Gewissenhaftigkeit und deutschen Gewissens, und nicht der geringste? Mag unser Sinn bedrängt oder unser Herz erschüttert sein: es ist doch (im Grunde) alles wie sonst. Die Welt. Und die Sonne. Und der Mensch. Auch im Frieden bebt die Erde. Speit der Vesuv Feuer. Verschlingt eine Springflut Galveston. Eisberge treiben auf dem Ozean. Und die Titanic sinkt. Automobile fallen in die Spree und die Seine. Raubmörder schleichen mit tückischen Messern durch verkommene Straßen. Eine Kugel tötet im Kriege. Und im Frieden ein Ziegelstein, ein Blitzstrahl oder ein böses Wort. Vielleicht sind Worte überhaupt viel mächtiger als Taten. Sie machen die Taten erst sichtbar. Was ist der größte Feldherr ohne den Ruhm? Seinen Ruhm schafft das Wort. Und das Wort schafft der Schreiber. Wer wüßte von Achilles, wenn Homer nicht wäre?

4.

Wir sind nicht schwächer wie sonst. Und nicht stärker.

Das Korn steht hoch. Rot blüht der Mohn. Wie Kinder in kleinen Röcken laufen die Birken am Wege. Der Starnberger See schlägt sanfte Wellen. Das Gebirge ist morgendunstig leicht in die Decke des Himmels gestickt. Die Sonne schwingt den goldnen Schild überm Herzogstand.

Der See glitzert. Und es steigt ein Tag empor, wie es deren viele gab, und immer geben wird. Es gibt nur eine Sonne. Und sie scheint über Gerechte und Ungerechte: in Polen, in Flandern, in Italien, in New-York. Glaube niemand, er habe die Sonne gepachtet und sie sei engagiert, für ihn zu leuchten. Wir haben alle Platz an der Sonne.

5.

Da ist Murnau. Und der Staffelsee. Hier zweigt die Bahn nach Oberammergau ab. Schon fünf Jahre ist es her, daß sie die Passion spielten. Damals sprach man nur englisch in Oberammergau. Johannes, der Lieblingsjünger des Herrn, ging mit einem Buch herum: *Do you speak english?* und deklinierte: die Lady, der Lady … Pontius Pilatus versuchte sich in einem verstörten Hochdeutsch. Christo hätten die Gentlemen nach der Vorstellung am liebsten die Pferde seiner Droschke ausgespannt, wenn er eine gehabt hätte.

Jetzt liegt Johannes vor Ypern und verwertet in anderer Weise wie früher seine englischen Sprachkenntnisse. Petrus hört in Petrikau die Hähne krähen … und Magdalena weint …

Mittenwald

Man liegt in Decken gehüllt auf der Veranda. Es ist zehn Uhr abends. Das Karwendel schwimmt wie ein großer Dampfer in Dunkel und Wolken. Am Tage sieht es wie ein Tier aus: wie eine riesige ruhende Kuh. Aus Mittenwald, aus dem Tale herauf, äugen zwischen niedrigen steinbelegten Dächern ein paar verschlafene goldene Lichter. Zuweilen leuchtet ein kleiner Mond wie mit einer elektrischen Taschenlampe über die Felsen am Karwendelabsturz. Als wolle er einen Verstiegenen suchen. Oder ein verscheuchtes Reh.

Von fern klingt eine Glocke: sehr hoch und leise. Wie ein Vogel zwitschert sie aus den Wäldern. Sie läutet schon jenseit der Grenze. Aus Scharnitz vielleicht. Oder ist es die Eisenbahn?

Ein Bach, eine Grille und ein Stern tönen.

Nebenan im Zimmer lacht ein Kind. Scheppernd und fast wie ein alter Herr.

Es wird immer dunkler, und man denkt an seine Mutter. So oft es dunkel wird, denkt man an seine Mutter. Am Morgen, wenn es wieder hell wird, denkt man an seinen Sohn. Daß man einen haben möchte: einen schlanken, blonden. Eine Brille soll er nicht tragen. Und Förster soll er werden. Oder Steward auf einem Ozeandampfer.

Ein Wind weht in den Bäumen auf. Die schmale Fahne am Giebel knattert.

Um vier Uhr kam die Nachricht, daß Brest-Litowsk fiel. Von den Hügeln wurde über das Tal hin Salut geschossen, den die Wände des Karwendel knallend zurückgaben. Dann läuteten alle Glocken im Tal. Das große Geläut! Es vermischte sich mit dem Geläut der vom Lautersee heimkehrenden Herden. So läutete es zugleich Krieg und Frieden.

Es schlägt elf Uhr. Ein paar Wolken fallen von den Bergen und es beginnt zu regnen...

Neun Monate bist Du schon im Krieg, mein Bruder, neun Monate, und wir wissen so wenig von Dir. Siebzehn Jahre bist Du alt. Bei den...ern stehst Du. Im Osten. Als Gefreiter. Von der Sekunda in den Krieg.

Deine Karten sind kurz wie Telegramme.

»Heute habe ich in der Bzura gebadet. Gruß, Hans.«

Oder:

»Auf der Verfolgung. Gestern 1600 Russen gefangen. Ganz Polen steht in Rauch und Brand. Hans.«

Lieber Bruder – wen hab ich wohl lieber als Dich! Du weißt es nicht, denn Du bist zu jung, es zu wissen. Nun hast Du den Sturm auf Warschau mitgemacht und liegst verwundet in einem Warschauer Lazarett. »Leicht verwundet an Kopf und Auge durch Schrapnellschuß,« schreibst Du.

Aber Du schreibst keine Adresse. Wie soll ich wissen, wo Du liegst, in welchem Lazarett und ob man Dir etwas schicken darf. Zigaretten. Oder Schokolade. (Die hast Du ja doch lieber.)

Wenn Dir diese Zeilen zu Gesicht kommen sollten, so schreib sofort Deine Adresse. Vergeßlicher Junge! Und denk einmal an Deinen Bruder, der immer an Dich denkt. Und dem Krieg und Du dasselbe ist...

Herbst

Die vierzehn Tage, daß ich nicht draußen war, ist es Herbst geworden.

Knallgelbe Bäume stehen an den Wegen. Und andere ockerhell, wie Indianer. Sträucher blühen über und über violett oder brombeerblau oder ziegelrot.

Die waldigen Berge liegen braun wie verrostete Ritterhelme im Lande.

Die Zugspitze und der Wetterstein haben weiße Schneekappen auf.

Winde spielen, und man ist so müde wie jene Wolke, die wie das Haupt eines schlaftrunkenen Kindes am Karwendel hingesunken ist und nicht weiter kann.

Vor drei Wochen stand man auf der kleinen Isarbrücke, sah stromaufwärts, nach Tirol hinein, und dachte: Woher kommt das Wasser?

Jetzt zögert man den Schritt auf derselben Brücke, blickt stromabwärts, dem Tal nach und fragt: Wohin fließt das Wasser?

Und wenn man tausendmal weiß: die Isar fließt nach München. München ist nicht weit. München ist eine schöne Stadt. Man hat Freunde in München. Eine nette Wohnung. Bald wird man wieder in München sein...

Ist München unsere Heimat? Hast du überhaupt eine Heimat: trauriger Reiter zu Fuß?

Wo fließt die Isar *dann hin?* Von München...?

*

Im Warenhaus in der Hauptstraße von Mittenwald liegt ein Karton mit Franzosen aus. Ganz richtige Franzosen: mit roten Hosen, blauen Fräcken, Käppis und echt französischen Visagen.

Sie stammen aus einer Nürnberger Spielwarenfabrik, sind sehr dauerhaft genäht und kosten Stück für Stück fünfzig Pfennig.

Sie sind beinah echter als die wirklichen Franzosen und sind gar nicht entsetzlich anzusehen: ein wenig melancholisch, ein wenig grotesk, aber voll Charme.

Die Ladeninhaberin sagte: sie habe schon ein paar Schachteln verkauft.

Die Kinder gehen sehr zart mit ihren kleinen Gefangenen um. Sie lassen ihnen viel Freiheit. Sie werden sogar in einem Wagen mit ihren feldgrauen Brüdern spazieren gefahren und ganz wie Brüder, zum mindesten wie Vettern behandelt.

Es ist gut, daß die Kinder wieder anfangen, mit Franzosen zu spielen....

*

Auf einem Starnbergerseedampfer traf ich vorgestern als einzigen Passagier außer mir eine junge Dame, die ich Winter 1913 in Arosa kennen gelernt hatte.

Wir gaben uns die Hand und sahen uns ein wenig verwundert an.

»Wir sind uns doch nicht fremd,« sagte die junge Dame gequält, »wir haben uns doch einmal gut gekannt. Wann war das? Bitte helfen Sie mir...«

»Das war vor dem Kriege ... 1913 ...«

»1913 ... vor dem Kriege ... ich habe im Kriege mein Gedächtnis verloren ... aber soviel weiß ich noch, daß wir bei dem Faschingsfest in der Aroser Pension die beiden Siouxindianer waren ... wir erklärten damals der ganzen Welt den Krieg. Jetzt hat die Welt *uns* den Krieg erklärt ... ich werde nie mehr lachen können ... ich bin wie jener Baum am Ufer dort ... sehen Sie ... ganz mit braunen Laub bedeckt ... es gibt nur noch Herbst auf der Welt...«

Allerseelen

Heut lag es wie Schnee in der Luft.

Ich dachte, es würde schneien. Die Wolken hingen bis zwischen die Häuser und wehten wie Laken vor den Fenstern.

Der Rauch aus den Schornsteinen wand sich wie schwarze Papierschlangen im Karneval um die Dächer.

Schließlich regnete es. Ein langer langsamer Regen.

Ein Regen, der sich selber zum Mißmut regnen muß.

Die Lichter der Laternen in der Ludwigstraße stachen wie goldene Bajonette durch den Asphalt und glänzten in der Tiefe. Wenn man heruntersah, glaubte man zu fliegen.

Ein matter Vogel, mit dem klirrenden Flügelschlag des Abends.

Zeppeline fuhren als Trambahnen über den Asphalthimmel. In den Augen der Frauen dämmerte der Herbst.

Heut ist der Tag aller Seelen.

Heut wollen wir nicht Leib sein. Auch nicht heiliger Leib oder Leib des Herrn. Leib der Frau. Nur Seele. Schneegewölk. Sinkendes Laub. Singender Wind.

Wie viele Gräber muß ich heute besuchen. Wie viele Gräber will ich suchen, die ich nicht finden werde.

Im Waldfriedhof, zwischen den Bäumen, liegen die Gräber wie tote Tiere. Da ein Igel. Dort ein Fuchs. Ein Reh. Einige Kaninchen.

Der Regen fällt wie Tannennadeln von den Bäumen. Ich sitze auf einem Grab. Weil ich müde bin. Müde des Irrens in der Wildnis des Krieges.

Ich weiß nicht, auf welchem Grab ich sitze.

Ich habe nicht hinter mich gesehen auf die eiserne oder marmorne Tafel.

Wer du auch seist: der du hier unter dem Moose liegst: du bist mein Freund.

Nimm den Schmerz des Lebenden um deinen Tod, um den Tod aller deiner Brüder, nimm ihn in deiner braunen rauschenden Tiefe gern und gnädig an.

Du ruhst auf dem Grunde des Meeres aller Dinge wie ein schöner Seestern und die silbernen Wogen ziehen über dich hin wie Schwalben.

Wie sind wir einst im blühenden Licht des Frühlings geschritten, jubelnde Genien.

Wie jung warst du, mein Freund, ein springender Hirsch. Hamburg war deine Heimat und du warst voll Rauch des Hafens und voll Weite des Meeres. Voll roter Korallen und klingend vom Geläut hanseatischer Türme.

Wir wohnten in Tegernsee zusammen im Gasthof zum Alpbach, am Eingang des Tales, das nach Schliersee herüberführt.

Jeden Morgen ließen wir uns im Kahn auf die Höhe des Sees treiben. Dann lagen wir der Länge lang auf dem Rücken im Boot und du sagtest, du könntest selbst am hellsten Tag die Sterne sehen.

So scharfe Augen hattest du.

Am Abend liebten wir ein und dasselbe Mädchen. Enzianblaue Augen und rote Haare. Ein Eichhörnchen. »Oachkatzl,« sagte sie immer und lachte. Sie liebte uns beide, aber ich glaube, sie liebte dich mehr als mich. Weil du dem heiligen Franz in ihrem Gebetbuch so ähnlich sahst.

Was du immer werden wolltest, wurdest du jetzt: Erde. Ewige Erde. Humus wurdest du und deine Kraft wuchs in die Bäume hinein.

Diese Tanne, die ich umarme und die mir brüderlich die Wangen streift: du bist es. So bist du zugleich über- und unterirdisch.

Zugleich Tod und Leben.

Der ich armselig durch die Oktobernacht des Daseins taumle, dunkel und frierend, mit der Ungewißheit des Lebens und der Gewißheit des Sterbens: ich bin weniger als du, mein toter Kamerad, und nur wie eine blaue Blume auf deinem Grabe. Meine Hoffnung ist nur eine Hoffnung des Schmerzes, und mein Glaube nur der Glaube aller Seelen.

Nachts

Es schlägt ein Uhr.

Ich ziehe den Vorhang vom Fenster zurück und sehe auf den Hof. Wachsweiß und wie Attrappen stehen die Häuser im Vollmond. Zwischen die Häuser ist mit schwarzer chinesischer Tusche der Himmel gemalt.

Man ahnt einige Sterne. Aber man sieht sie nicht.

Wohnen hinter diesen Kulissen aus Pappe Menschen? Das kann nicht sein. Und wenn es schon Menschen sind, so müssen sie auch aus Pappe sein. Aus Bilderbogen ausgeschnitten. Auf der Vorderseite bunt und schmuck und martialisch. Auf der Rückseite nur leeres weißes Papier. Mit dem Namen der Firma, die sie gedruckt hat, in ganz kleinen Lettern.

Welche Firma ist den Menschen, welche in diesen Häusern wohnen, eingebrannt? Gott? Teufel? Liebe? Geiz? Trunksucht? Mut? Demut?

Ich höre einen Schritt.

Der Schritt klingt ganz für sich. Losgelöst von einem Körper. Er tickt durch die Straßen. Wie eine Uhr.

Der Körper, der zu dem Schritt gehört, weht schattenhaft und durchsichtig drüben an der Hauswand vorbei.

Gute Nacht, Gespenst!

Wo kommst du her? Du mußt dich beeilen, wenn du deinen Schritt noch einholen willst. Der ist dir schon weit voraus und läuft dir sonst davon.

Ein höfliches Gespenst.

Es grüßt den Mond.

Ich denke an ein paar Zeilen aus einem Gedicht von Li-tai-pe:

In der Blütenlaube von Jasmin sitz ich beim Weine.

Gute Genossen heischt die gute Stunde.

Da steigt der Mond übern First; verneigt sich mit goldenem Scheine –

Höflich verneige auch ich mich, und mein Schatten verneigt sich als Dritter im Bunde...

Hast du überhaupt einen Schatten, Gespenst?

Ja, du hast einen Schatten. Du zeigst ihn ängstlich vor, wie eine Legitimation: glaubt mir – ich bin ein Mensch.

Ja, wir glauben dir. Du bist ein Mensch. Du bist ein ehrenwertes Gespenst. Ein Gespenst mit Schatten. Ein Gespenst, vor dem sich niemand zu fürchten braucht.

Ich habe aber Grund, anzunehmen, daß du dich fürchtest.

Wovor? Vor anderen Gespenstern? Vor jenen Gespenstern ohne Schatten? Welche weder in Sonne noch Mond einen Schatten werfen?

Kamst du aus dem Kriege?

Kannst du nicht schlafen: weil die Granaten in deinem Kopfe zischen? Die Maschinengewehre trommeln? Wilde Münder Wut, Erbarmen, Schmerz und Jubel brüllen?

Ich bin so müde, daß mir bald die Augen zufallen und daß ich bald an kein Gespenst mehr glaube. Aber ich muß noch wissen, wer du bist.

Du stehst nun in der Mitte der Straße. Wie aus grauem Glas. Du hast einen Stab in den Händen und führst ihn hin und her.

Bist du der Mann mit der Wünschelrute und suchst du nachts, wenn dich niemand stört, nach Wasser unter dem Pflaster? Aber wir haben genug Wasser hier in München. Wir haben eine vorzügliche Wasserleitung. Das Wasser ist stark eisenhaltig.

Ach: du bist der Straßenkehrer...

Du fegst die Straßen blank, damit der junge Tag sich nicht gleich seine neuen Schuh beschmutzt.

Du *tust* etwas. Während ich wieder einmal nur *denke*, daß *du* etwas *tust*.

Aber du darfst mir nicht übel nehmen, daß ich über dich nachdenke.

Ich wohne in einem jener Häuser, die wie Attrappen im Mondlicht stehen. Du siehst das Haus und sagst dir: da wohnen die reichen Leute, welche den lieben langen Tag und die liebe lange Nacht nichts tun.

Und damit hast du ein wenig Recht: ich *tue* den lieben langen Tag und die liebe lange Nacht *nichts*. Rein garnichts.

Ich denke nur. Weil du nämlich keine Zeit zum Denken hast, so besorge ich das für dich mit. Und weil ich keine Zeit zum tun habe, so tust du etwas für mich. Gutes oder Schlechtes: was du auch immer für mich tust: habe Dank.

Der Mond steigt über den Giebel.

Eine Katze jault.

Das Gespenst fegt unermüdlich die Straße.

Ich will schlafen gehn. Ich ziehe den Vorhang zu.

Es schlägt zwei Uhr.

Der sterbende Soldat

Tag und Nacht sind nicht mehr. Sind versunken wie Segelschiffe hinterm Horizont des Meeres. Ich weiß nicht mehr von Tag und Nacht. Von Sonne und von den grauen Krähen der Dämmerung. Von der Erde und von der runden Kugel des Glücks. Wir marschieren. Wir marschieren bei Tag. Wir marschieren bei Nacht. Wir schlafen in der Nacht. Wir schlafen am Tag. Wir schießen Tag und Nacht. Wenn ich mich umdrehe, steht die Zeit wie eine rosaschwarze Wand vor mir. Kein Tag. Keine Nacht. Kein Monat. Kein Jahr. Nur ein blutendes Feld, blutrote Ackererde, aus dem unsere Leiber wie weiße Blumen in den Himmel wachsen. Wie Tau netzt der Himmel meine Augen. Ich möchte immer blühen. Schmale Lilie. Schwertlilie. Ich habe nie so stark an mich geglaubt. Wenn ich die Hand hebe, werde ich eine Granate im Fluge aufhalten. Ich habe Durst. Nach Wasser. Nach Feuer. Ich will Feuer schlucken wie die östlichen Zauberer. Mein Pferd ist tot. Es muß irgendwo neben oder unter mir liegen. Worauf soll ich nun reiten? Ich werde auf einem toten Engländer in die Hölle reiten. Aber Lilli will es nicht. Sie faßt meine Hand, ich bin ja blind, und wird mit mir den Himmel suchen gehen. Lilli, sag' ich, hier riecht es nach Veilchen, hier ist der Himmel. Sie läßt meine Hand los. Ich sehe sie nicht mehr. Da vorn ist eine andere Hand. Eine leuchtende Hand. Rauchgeschwärzt. Sie greift nach dem Haus mit dem Schindeldache. Die Hand wird auf einmal Mund. Sie frißt das Haus. Kaut an ihm. Wenn der Wachtmeister wüßte, daß ich hier so faul liege, während er Appell hält. »Ulan Bubenreuther«, wird er rufen. »Ulan Bubenreuther...?« Niemand meldet sich. »Ulan Bubenreuther vermißt...« Ich habe Durst. Ich möchte etwas trinken. Etwas Heißes. Ich friere. Heißen Tee. Ich muß lachen, wenn ich an die polnischen Juden denke, die uns immer Tee verkauften: »Gebe Sie Münz, Herr, kriege Sie heiße Tei...« Sie haben keine Heimat. Niemand hat eine Heimat. Nur der Tod. Er ist überall zu Hause. Wo ist die kleine Stadt, in der ich geboren wurde? Die engen Straßen gehen krumm und gebückt vor Alter. Die jungen Mädchen laufen Schlittschuh. Bürger eilen mit wichtigen Mienen zu Geschäft, Versammlung oder Kneipe. Die Oder rauscht unter den Schollen. Die Patina des Marienkirchturms glänzt in der Wintersonne violett und grün. Es muß wer gestorben sein – der Küster läutet die Glocken. Ich will leise mit der Lanze winken. Vielleicht, daß er mich sieht.

Der Flieger

Als der Fliegerunteroffizier Georg Henschke, Sohn eines märkischen Bauern, vom Kriege nach Hause auf Urlaub kam, stand sein Heimatdorf schon einige Tage vorher Kopf. Bei seiner Ankunft lief alles, was Beine hatte, ihm halber Wege, einige Beherzte sogar eineinhalb Stunden bis zur Bahnstation Baudach entgegen, und die Kinder und die halbwüchsigen Mädchen saßen auf den Kirschbäumen, welche die Straße säumten, die er kommen mußte.

Nun war er da. Das ganze Dorf drängte sich eng um ihn, daß er kaum Luft holen konnte, seine Mutter weinte: »Georgi, mein Georgi!«, und der Pastor sagte: »Welch eine Fügung Gottes!« »Kinder,« lachte Georg Henschke, »Kinder, ich habe einen Mordshunger!« Da stob man auseinander, um sich gleich darauf zu einem Zuge zu gruppieren, der ihn würdevoll zur Tafel geleitete. Sie war unter freiem Himmel aufgeschlagen. Das Dorf nahm sich die Ehre, ihm ein Essen zu geben. Man zählte ungefähr sieben Gänge, und in jedem kam in irgend einer Form Schweinefleisch vor. Dazu trank man süßen, heurigen Most.

Nach dem Essen, als der Wein seine Wirkung tat, wurde man keck. Man wagte Georg Henschke anzusprechen, zu fragen, zu bitten. »Georgi,« staunte zärtlich seine Mutter, »du kannst nun fliegen!« »Wollen Sie uns nicht einmal etwas vorfliegen?« fragte schüchtern die kleine Marie. »O,« lachte Georg Henschke, »das geht nicht so ohne weiteres. Da gehört ein Apparat dazu!« »Er hat ihn sicher in der Tasche,« grinste verschmitzt der Hirt, »er will uns nur auf die Folter spannen.« »Ein Apparat, das ist so etwas zum Aufziehen?« fragte seine jüngste Schwester Anna. Denn sie dachte daran, daß er ihr einmal aus Berlin einen Elefanten aus Blech mitgebracht hatte. Eine Stange lief unbarmherzig durch seinen Bauch, und wenn man sie ein paarmal herumdrehte, begann der Elefant zu wackeln, mit seinem Rüssel auf den Boden zu klopfen und plötzlich wie ein Wiesel und in wirren Kreisen im Zimmer herumzulaufen.

»Nein,« sagte Georg Henschke, »ich habe den Apparat nicht bei mir, denn er gehört dem Staat.« »So, so,« meinte der Hirt mit seinem weißhaarigen Kopf, »der Staat. Das ist auch so eine neue Erfindung.« »Ganz recht«, lachte Georg Henschke.

»So erzähle uns doch etwas vom Fliegen, und wie man es lernt, Georgi«, bat seine Mutter. Sie war so stolz auf ihn.

Da stand Georg Henschke auf, und alle mit ihm.

»Gut, ich will es tun. Hört zu !«

Er sprang auf einen Stuhl. Sie scharten sich um ihn. Aufgeregt, seinem Willen hingegeben, wie die Herde um das Leittier. Sie hoben ihre Köpfe, sehnsüchtig, und der blaue Himmel lag in ihren Augen. Georg Henschke aber reckte die Arme, schüttelte sie gegen das Licht, in seinen Blicken blitzte die Freude des Triumphators, und als er sprach, flammte es aus ihm. Er selber fühlte sich so leicht werden, so lächelnd leicht, der Boden sank unter seinen Füßen, seine Arme breiteten sich wie Schwingen, wiegten sich, und wie ein Adler stieß er hoch und steil ins Blau.

Das ganze Dorf stand wie ein Wesen, das hundert Köpfe in den Himmel bog. Und sie sahen Georg Henschke im Äther schweben, ruhig und klar, fern und ferner, bis er ihren Blicken entschwand.

Hölderlin

Ich wohne bei dem Tischlermeister Zimmer in Tübingen. Meine Stube ist klein gewölbt und empfängt die Sonne durch ein erblindetes Fenster. Wenn man es aufreißt, hat man weite ovale Blicke glänzend über belaubte Hügel und bergige Bäume. Herr Zimmer verfertigt Tische, braune Geräte, darauf der Wein in goldenen Karaffen steht, und Stühle, darauf zu sitzen und ferner Schiffe zu gedenken in Dämmerung und Seeflut. Wo seid ihr, Schwärme der Schwalben? Und kehrt ihr zurück mit klingenden Fittichen bald, da April den Besen ergriff und warme Winde die Straßen fegen? Schon reiten die Herren Studenten die wandernden Alleen entlang, die Hufe klappern, und höflich schwingen Bauern ihre Hüte.

Begegnet mir Professor Conz und sagt: Guten Tag, Herr Magister. Daß sie mich nie bei rechtem Namen nennen! Bin ich Magister? Bin ich nicht, bei allen Engeln, Diotima, Engelschönste, bin ich nicht fürstlicher Bibliothekarius? Nie gibt man doch bedeutenden Naturen, was ihnen ziemt und frommt. Professor Conz trug den Homer in der Tasche. Er ließ den weißen Vogel aus seinem Käfig fliegen und rief: Sehen Sie, unser alter Freund! Ich griff nach den Blättern und fing ihn und schlug jene Stelle auf, wo Nausikaa am Torpfosten des Saales steht und elfenbeinern zu Odysseus niederlächelt. Träne auf Träne tropft in die blaue Grotte ihres Herzens. Wir können nichts besseres machen, als was Homer gemacht. Und sind doch 1300 Jahre älter als er. O, sagte Professor Conz, Sie sind bescheiden, und er zitierte einiges aus meiner Elegie an die Natur. Die Menschheit, sagte ich, hat das Reißen bekommen und die Gicht. Und Gicht und Reißen machen unklare Gedanken. Eine Elegie ist nichts weiter als eine Kette unklarer Gedanken, bunt wie Lampions in die verworrenen Nebel einer Frühlingsnacht gehängt.

Das Wams und die drei paar Strümpfe und die Handschuh, die mir meine Frau Mutter schickte, hab ich erhalten. Oft bringt der Mai noch feuchte Dünste und späten Frost. Ich schriebe gern meiner verehrungswürdigen Frau Mutter, wenn ich wüßte, was ich ihr schreiben sollte. Sie versteht mich leicht nicht mehr. Hat sie mich je verstanden? Sie ist von einer unsicheren und allzuzarten Beweglichkeit, schwankend wie eine silberne Möwe auf stürmischer Rhede. Ich aber wünsche mir eine feste Natur. Ich gehe aus allen Fugen. Musik nur schweißt mich noch zusammen. Dann bin ich ein Akkord und der Herr Kantor spielt mich auf der Orgel, in der Kapelle von Maulbronn. In der Sommerfrühe um sechs schlich er durch Tau und Morgen auf hellen grünen Wegen zu mir und spielte einen Choral, damit er bei Gott in Gnaden stünde.

Ich esse täglich Trauben. Herr Zimmer bringt sie auf einem Teller, darauf Ranken und erdbeerrote Herzen gemalt sind. Ich denke: wenn jemand dein Herz auf einem solchen Teller malte, von einem schwarzen befiederten Pfeil durchbohrt und einem lateinischen Spruch dazu: *per aspera ad astra.* Dann müßte man Trauben über mich schütten in italischen Weinbergen oder an den Ufern der Dordogne gepflückt von tanzenden Frauen.

Herr Zimmer zeigte mir gestern eine Zeichnung von einem dorischen Tempel. Ich glaube nicht, daß Herr Zimmer sie entworfen hat: aber der Zug der Linien und der gleichsam in Stein gemeißelte Traum der Vollendung entlockten mir Tränen.

Herr Zimmer, sagte ich, möchten Sie statt der Tische, auf denen goldener Wein in Karaffen steht, und statt der Stühle, auf denen man, das Haupt in die Hände gestützt, der gleitenden Schiffe gedenkt, nicht einmal einen Tempel erbauen aus Holz, so klein wie Sie wollen? Damit ich wieder beten darf.

Beten Sie zu Gott, Herr Hölderlin, sagte Zimmer.

Aber Gott wohnt in kleinen dorischen Tempeln aus Holz. Herr Zimmer meint, er habe leider keine Zeit für Spielzeuge, er müsse um Brot arbeiten, und wer bezahle ihm einen solchen dorischen Tempel und die nutzlos vertane Zeit? Ich wußte nicht weiter, denn ich habe kein Geld und habe wohl nie welches gehabt.

Ich suchte nach der Zeichnung mit dem Tempel, betrachtete sie und schrieb mit Blaustift auf ein Brett, das in der Werkstatt herumlag, diese Verse:

> Die Linien des Lebens sind verschieden,
> Wie Wege sind und wie der Berge Grenzen,

Was hier wir sind, kann dort ein Gott ergänzen
Mit Harmonien und ewigem Lohn und Frieden.

*

Täglich muß ich die verschwundene Gottheit wieder rufen. Wenn ich an große Männer denke in großen Zeiten, wie sie, ein heilig Feuer um sich griffen und alles Tote, Hölzerne, das Stroh der Welt in Flamme verwandelten, die mit ihnen aufflog zum Himmel – ahne ich mich, wie ich oft, ein glimmend Lämpchen, umhergehe und betteln möchte um einen Tropfen Öl, um eine Weile noch die Nacht hindurch zu scheinen…

Die Schlachtreihe

Unser Lateinlehrer, der alte Professor Hiltmann, war wie Fontane ein geschworner Feind aller feierlichen und hochtrabenden Phrasen. So konnte er es in den Tod nicht leiden, wenn man nach dem Lexikon acies mit »die Schlachtreihe« statt einfach und simpel mit »das Heer« übersetzte.

Der Ultimus unserer KIasse war einer derer von Falkenstein, ein herzensguter, aber dummer Junge.

Jahre gingen ins Land.

Der Weltkrieg brach aus.

Hiltmann, als geschworner Feind aller feierlichen und hochtrabenden Phrasen, konnte sich mit ihm nicht befreunden.

Es tobten die männermordenden Kämpfe vor Verdun. Da erhielt Hiltmann eines Tages eine Feldpostkarte von Falkenstein, der vor Verdun lag. Auf der stand nichts als:

»Sehr geehrter Herr Professor!
Acies heißt *doch* die Schlachtreihe...
Ergebenster Gruß
Ihres Falkenstein.«

Da stützte der alte Hiltmann den weißen Kopf auf sein Stehpult und die Tränen rannen über seine runzeligen Wangen und tropften auf die Korrekturen des lateinischen Extemporale.

Falkenstein fiel vor Verdun.

Der Feldherr

»Die menschliche Seele«, sagte der junge bulgarische Offizier, der neben mir bei Tisch saß, »ist um vieles dunkler, doppeldeutiger, unvernünftiger, als uns die Psychologen beweisen und weismachen wollen. Besonders im Kriege, wo jahrtausendalte Hemmungen und Traditionen wie verrostete Riegel von morschen Türen springen, der Weg in unerklärlich helle Höhen und unergründlich grauenvolle Tiefen offen wird, offenbart sie die ganze Unerfaßlichkeit ihrer Gefühls-und Willenskomplexe. Da meinen die Psychologen, weil etwas so ist, muß ein zweites so sein. A folgt aus B und B aus C. Man konstruiert einen Parallelismus der (geistigen) Bewegungen aller Menschen und macht die Psychologie zu einer mechanischen Motivenlehre, die in der Literarhistorik und besonders in der Kriminalistik schon manches Unheil gestiftet hat. Man folgert (ein holperiges Wort im Deutschen: es klingt wie ›stolpern‹) aus Stoff-oder Stilähnlichkeiten zweier Dichtwerke, daß das eine von dem andern beeinflußt sei. Wenn ein Verbrechen verübt und jemand ermordet worden ist: muß das aus dem und dem Grund geschehen sein. Sehr richtig. Aber die Zahl der polizeilich genehmigten und registrierten Motive ist gering: Mord aus Rache, Eifersucht, Erbschleicherei, Raubmord, Lustmord. Man ist bald am Ende. Wie: wenn es bei einzelnen von uns Motive für unsere Handlungen gäbe, die — unbürgerlich, verwegen und merkwürdig – außerhalb jeder Berechnung stehen? Müßte ein solches Verbrechen bei einigermaßen geschickter Anlage nicht unentdeckt bleiben, da der Dietrich der üblichen Motivenlehre versagt? Diese Erkenntnis (aus der ein Reformversuch unserer Kriminalwissenschaft und unseres Strafrechtes herzuleiten wäre) dämmert gewiß nicht mir zum ersten Male und ist, irre ich nicht, auch schon in Fachzeitschriften diskutiert worden. Aber ich schweife ab. Ich wollte Ihnen noch eine kleine Geschichte aus dem ersten Balkankrieg erzählen. Die Geschichte illustriert anschaulich meine Thesen und leuchtet gleichsam mit einer Blendlaterne in die Höhle des Ewig-Ungewissen, das wir Seele nennen. Metaphysisch heißt sie – und liegt doch unter der Erde. Ihr Zugang ist durch Gestrüpp versperrt, durch das zur Nachtzeit zuweilen die Hoffnung der Sterne mit goldenen Augen blinkt und mit fernen Glocken läutet.

General S., der Führer unserer ersten Armee, erwies sich als ein ungewöhnlich befähigter Feldherr. Er leitete alle Operationen mit einer trotzigen und selbstsicheren Gelassenheit, die ihn auch in Augenblicken persönlicher Gefahr nicht verließ. Ich erinnere mich noch sehr gut (ich hatte die Ehre, dem Stabe des Generals S. anzugehören), wie ein feindlicher Flieger Bomben auf das Hauptquartier warf. Eine Anzahl Soldaten, Chauffeure und Pferde wurden mehr oder weniger schwer verwundet und getötet. Der General zuckte mit keiner Wimper. Er hob den Feldstecher und beobachtete aufmerksam den Aluminiumvogel, der erregt und zitterig über ihm kreiste.

Dem General S. ist der große Sieg bei L. zuzuschreiben, der auf die Theorie der unbedingten Vernichtungsstrategie aufgebaut, seinen Namen in der Kriegsgeschichte unsterblich machen wird. Ich war bei dieser Schlacht als persönlicher Adjutant zum General befohlen und verbürge mich für die Wahrheit der folgenden Anekdote. Sie ist früher zu Ende, als Sie glauben werden, und eigentlich mit einem Satz zu erledigen.

Der General war den ganzen Tag von einer lebhaften Unruhe befallen. Er saß am Kartentisch, zwirbelte an seinem Bart, sah alle fünf Minuten nach der Uhr, kurz: war sinnlich gereizt und erregt, wie ein junger Mann, der seine Geliebte erwartet. Seine Anordnungen gab er nachlässig und zerstreut. Rapport nahm er entgegen, als höre er gar nicht hin, und wir gerieten in Bestürzung und Furcht, ein uns unerklärliches Leiden, das vielleicht seine Entschlußfähigkeit und sein Dispositionstalent beeinträchtige, möchte den General plötzlich befallen haben. – Der Abend brachte uns einen vollkommenen Sieg. Beide feindlichen Flügel waren eingedrückt. Die Verluste des Feindes an Gefangenen und Kriegsmaterial ungeheuer.

Der General fuhr im Auto aufs Schlachtfeld und ritt zu einer kurzen Besichtigung bis zur ersten genommenen Stellung. Sein Gesicht hatte sich verklärt und erheitert. Seine Augen zeigten einen metallenen Glanz, den wir der Freude an dem eben errungenen Sieg zuschrieben. Seine Nervosität hatte völlig nachgelassen. Er tastete mit uninteressierten Blicken über ein paar gefallene Stafetten, einen Haufen Sandsäcke, ein paar tote Infanteristen. ›Gut, – gut!‹ sagte er, und dann ritten wir zurück. ›Wissen Sie, Leutnant,‹ er warf den Kopf zur Seite und griff in die Tasche, ›ich habe eben noch zu guter Letzt einen Brief erhalten.‹ – ›Von Hause?‹ wagte ich zu fragen. ›Von Hause. Ja. Ich bin so froh. Ich war den ganzen Tag unruhig. Ich habe gewartet auf den Brief – und da ist er.‹ Dann schwieg er und sah in den Horizont. Er seufzte befreit: ›Das Experiment ist gelungen.‹

Ich dachte an die gewonnene Schlacht und wollte den General von neuem beglückwünschen. Da neigte er die Stirn und sagte leise: ›Sie blüht...‹

Ich habe vom General später erfahren, was es mit diesen zwei, mir wie Ihnen im ersten Moment unverständlichen Worten auf sich hatte. Der General ist ein leidenschaftlicher Kakteenzüchter. Da hatte er eine kleine Kaktee zu Hause zurückgelassen, die ungewöhnlich schwer zu züchten und zu ziehen war. Ich kenne ihren botanischen Namen nicht oder habe ihn vergessen, denn ich beschäftige mich in meinen Mußestunden mit Ölmalerei, in der ich es zu einer gewissen Fertigkeit gebracht habe – die Kaktee mußte in diesen Tagen ihre erste Blüte erschließen. Es war ungewiß. Es war kaum zu vermuten und doch so süß zu hoffen. Das Experiment gelang. Die Kaktee blühte. Was war dem General der Ruhm der großen Schlacht? Die Hoffnung auf Unsterblichkeit? Der Dank des Vaterlandes? Er gab sie dahin leichten Herzens, erschüttert und beglückt von dem Ereignis einer blühenden Blume.«

Der Kriegsberichterstatter

Siegfried Silbermann, der schon den Buren-und den Balkankrieg als Kriegsberichterstatter der »Neuen Freien Trompete« mitgemacht hatte, wurde telegraphisch in das Hauptquartier von Exzellenz Eydtkuhnen, Oberbefehlshaber Nordost, berufen – jenes Feldherrn, der erst anläßlich dieses Krieges in so glänzende Erscheinung getreten ist.

Schon ehe er das Auto des Pressestabes bestieg, wurden Siegfried Silbermann mit einem dunklen Tuch wie einem Parlamentär die Augen verbunden, damit er auf der Fahrt nach der Front ja nichts zu sehen bekäme, was sich im geringsten als militärisches Geheimnis darstellen und von ihm vielleicht als Anlaß zu einer seiner hinlänglich bekannten Plaudereien benützt werden könne. Es gehört zur seelischen und beruflichen Eigenschaft des Kriegsberichterstatters, daß er nichts, aber auch rein gar nichts vom Kriege sieht: hin und wieder nur wird ihm die Binde abgenommen, und er fühlt sich erstaunt vor einem toten Pferd oder einem niedergebrannten Haus. Darüber darf er dann als »Augenzeuge« berichten. Wendet er seinen Blick von dem toten Pferd oder dem niedergebrannten Haus ein wenig empor und in die Weite, so sieht er nichts als ein graues, ödes, endloses Feld, das sich viele Meilen bis an den Horizont erstreckt. Das nennt er dann die »Leere des modernen Schlachtfeldes«.

Siegfried Silbermann schlug die Augen auf und fand sich einem ältern, stattlichen Herrn gegenüber, dessen Brust mit Orden und Ehrenzeichen übersät war. Breite rote Feldmarschallsbiesen funkelten herrisch an seinen gestrafften Beinen. Er zwirbelte nachdenklich an seinem braunmelierten, altertümlichen Bart.

Silbermann zog seinen Notizblock und notierte: martialisch.

Exzellenz Eydtkuhnen, der große Feldherr – denn er war es in eigener Person – legte seine große, knochige Hand schwer auf Siegfried Silbermanns schwankende Schulter.

Silbermann zitterte.

Er feuchtere den Tintenstift leise an der Zunge an und notierte: leutselig.

Silbermann wagte endlich, die nähere Umgebung prüfend zu betrachten.

Um ein riesiges rauchiges Lagerfeuer hockte malerisch gekrümmt eine Anzahl höherer und niederer Offiziere. Es war der Stab des Feldherrn. Sie rauchten eine Pfeife, die reihum ging: die sogenannte Friedenspfeife. Über dem Feuer wurde ein Ochse von mehreren Ordonnanzen am Spieß gedreht. Man traf Vorbereitungen zum Mittagsmahl.

»Wollen Sie mit uns speisen?« sagte Exzellenz Eydtkuhnen. Des Feldherrn Stimme rollte in gutturalen Kehllauten.

Silbermann notierte: nicht nur die Tatze, nein, auch die Stimme des Löwen...

»Ich habe mit dem feindlichen Heerführer ausgemacht, daß die Schlacht erst nach dem Mittagessen, sobald der Kaffee abserviert ist, beginnt.«

Silbermann notierte: humane Kriegführung. Es war nur ein Feldstuhl vorhanden.

Silbermann notierte: spartanische Lebensweise...

»Wollen Sie sich nicht setzen?« lächelte Exzellenz Eydtkuhnen. »Das Schreiben und Denken im Stehen ermüdet.«

»Bitte, nach Ihnen, Exzellenz«, verbog sich Silbermann devot.

»Oh,« wehrte die Exzellenz ab, »ich stehe schon so lange im Felde, daß ich ruhig noch ein wenig länger stehen kann.«

Silbermann notierte: Beharrlichkeit... Ausdauer... germanische Zähigkeit... Oben in den Lüften begann es zu pfeifen und zu surren, zu schnauben und zu knallen.

Exzellenz Eydtkuhnen murmelte erheitert: »Feindliche Aeroplane... sie haben es auf mein Hauptquartier abgesehen... aber beruhigen Sie sich, lieber Silbermann: sie treffen nie etwas. Höchstens, wenn man sich etwa auf neutralem Boden befände, könnten sie einem gefährlich werden.«

Krrrrrrrtz... knautz... rum... eine Fliegerbombe platzte in fünfzig Schritt vor Silbermann.

Silbermann konnte gerade noch: Kaltblütigkeit notieren, dann fiel er in Ohnmacht. Exzellenz Eydtkuhnen winkte, und Silbermann wurde von den Ordonnanzen, die eben noch den Ochsen gebraten hatten, ins Auto des Pressestabes geschafft.

Auf der Redaktion der »Neuen Freien Trompete« war es, wo er wieder zur Besinnung kam. Noch die Abendausgabe der »Neuen Freien Trompete« brachte auf ihrer ersten Seite Silbermanns nachgerade so berühmt gewordenes Interview des Oberbefehlshabers Nordost Exzellenz Eydtkuhnen.

Vier Wochen später erschien bei der Verlagsbuchhandlung Brösel & Co. »Die eiserne Mauer«, Eindrücke und Expressionen, Erlebtes und Erschautes von der Nordostfront, von Siegfried Silbermann – ein stattlicher Band in Lexikonformat.

www.ingramcontent.com/pod-product-compliance
Lightning Source LLC
LaVergne TN
LVHW021003200726
843506LV00012B/2139

9 788027 317561